宮廷魔法師クビになったんで、田舎に帰って魔法科の先生になります

I was fired from a court wizard so I am going to become a rural magical teacher.

2

Rui Sekai
世界るい

illustration だぶ竜

Character

I was fired from a court wizard so I am going to become a rural magical teacher.

☆ジェイド

『黒の影』と呼ばれた元宮廷魔法師。魔法局をクビになったが、故郷への道中で再会した幼馴染のミーナにスカウトされ、エルム学院の魔法科教師になった。

☆ミーナ

エルム学院の教師。ジェイドと同じバージ村出身でありジェイドとは幼馴染。幼い頃よりジェイドに恋心を抱いている。

レオ

三傑のアゼルに憧れ、騎士を目指す落ちこぼれ魔クラスの生徒。

ミコ

召喚魔法師になることを夢見る落ちこぼれ魔クラスの生徒。

アマネ

眼帯に包帯という独特の外見の少女。時折謎の言葉を話す。

フェイロ

エルム学院の教師。剣聖の孫でありフィーガル流三代目師範。

エレナ

フェイロの娘。エルム学院の騎士科に通う少女。

ベント

エルム学院の学長。エルム地方の辺境伯でもある。

Outline

魔法局のエリートである宮廷魔法師のジェイドは、貴族の陰謀により魔法局をクビになってしまう。王都から追放され、生まれ故郷のエルムへと向かう途中、偶然再会した幼馴染のミーナの誘いを受けエルム学院の魔法科の教師として働くことに。だがジェイドが受け持つことになったクラスは『落ちこぼれ魔クラス』と呼ばれる様々な問題を抱えたクラスだった。ある日、騎士を目指す生徒レオと騎士科の生徒たちの言い争いを発見し止めに入ったジェイドだったが、そのことで騎士科教師のイエメンスの恨みを買ってしまう。激昂したイエメンスがレオを狙っていることを知ったジェイドは、イエメンスを本気で殺そうとするがベント伯の制止により事なきを得た。その後、レオはジェイドの勧めで剣聖の孫であるフェイロ先生に弟子入りするのであった。こうしてジェイドは、個性豊かな生徒たちに振り回されながらも教師としての道を歩み始める。

I was fired from a court wizard so I am going to become a rural magical teacher.

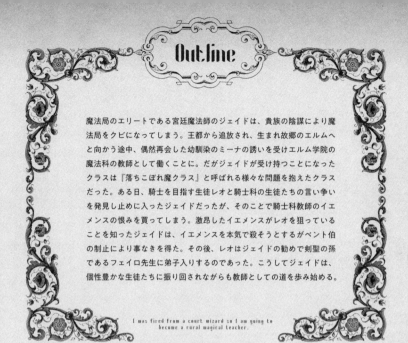

INDEX

I was fired from a court wizard so I am going to become a rural magical teacher.

第一章

episode.01

教えて！ トンガリ帽子君

I was fired from a court wizard so I am going to become a rural magical teacher.

さて、無事レオの弟子入りが決まった次の日。努力クラスでは遂に本格的に魔法の勉強を行うことになった。まずは、教室で今から行う授業についての説明だ。

「みんな、待ちに待った魔法の実技練習の時間だ。というわけで、改めて進級試験の課題の一つである自然操作魔法の適正を見たいと思う」

進級試験の項目は三つ。無属性魔法の『結界《アンチ》』、身体強化魔法の『筋力増強《ムスクル》』、そして自然操作魔法、だ。この自然操作魔法はどの属性でも良いため、各々の適正にあった魔法を習得していくのがセオリーであり、そのときに使うのが――。

「せんせー、じゃあ、オーブ君を使うんですか？」

ミコが答えてくれたふざけた名前の魔道具だ。唯一無二であったこの魔道具は手をかざすとその者の魔力を色で教えてくれるというとても革新的なものであった。そのため製作者に敬意をこめて、皆がそのままの名前を使っている。だが、今回は――。

「いや、オーブ君は使わない」

別の方法を用意してあるのだ。俺の言葉に皆は首を傾げている。と、言うのはオーブ君では適正が分からない者がいると事前資料に書いてあり、どうしたものかと考えているところに渡りに船ではないが、学長が『オーブ君を作ったかの天才が新しい魔道具を作ったから試用してみるかい？』と、勧めてくれたのだ。それが――。

「こいつを使う」

『よぅ、なーに見てんだよ。照れるだろ』

「そ、その帽子はっ!!」

こっそり教卓の下に隠しておいたトンガリ帽子君を披露する。その名の通り、ヨレヨレのトンガリ帽子に目と口がついているという珍品だ。試作品のため、生徒たちも見たことはないはずだが、なぜかアマネは勢いよく立ち上がり、指をさして叫んだのだ。

「ん？　いや、製作者はトンガリ帽子君って名前をつけていたが、アマネは知ってるのか？」

「……まさか、その帽子を頭に載せると、そいつが適正魔法を叫ぶ、なんてことは？」

「おぉー、まさにその通りだ。なんだ、アマネこれはまだ世に出回っていないのによく知ってるな」

どうやらアマネはどこぞから情報を仕入れていたようだ。俺はこの言葉でアマネを非難したつもりはないのだが――。

「…………イヤだ」

「え？　アマネ何か言ったか」

「……ううん」

アマネは急に暗い顔で俯き、ブツブツと何事かを呟きはじめたのだ。一体、何が癇に障ったのだろうか……。それとも思春期というやつだろうか？　情緒が安定していない感じが少しだけ怖い。

「さてっ、じゃあ早速使い方を説明するぞー。頭に載せる。以上。特に魔力を使う必要はないから魔力操作が苦手でも大丈夫だ。トンガリ帽子君が勝手に適正を見抜いてくれる。最初にやりたい人――」

と、思ったがアマネのことはよく分からないので、一旦放っておくことにした。そして、俺はトンガリ帽子君を掲げながら生徒たちに被りたい者はいないかと尋ねるのだが、皆微妙な表情で牽制しあっている。

「じゃあ、出席番号順に――」

「コホン。ジェイド先生、みんなはそのトンガリ帽子君に不安を覚えています。まずはジェイド先生が被って、実演してみせるべきかと」

教室の隅で様子を窺っていたミーナがそんなことを言う。生徒たちを見れば、その言葉に勢いよくうんうんと頷いている。なるほど、俺がこれを、ね？

『よぅ、なーに見てんだよ。照れるだろ』

自分で被るという発想はなかったが、確かに生徒に使う前に教師が使って安全性やらを確認するのは必要だろう。製作者には信頼を置いているからその点に無頓着だったのは失敗と言える。

「よし、分かった。まずは先生が被ろう……」

俺は掲げていたトンガリ帽子君をゆっくりと自分の頭の上に載せる。生徒からは不安と期待の入り混じった視線を痛いくらいに感じる。少しだけ緊張してしまうではないか。

「せんせー、痛くないですか？」

「ん？ あぁ、大丈夫だ。痛くもなんともないぞー」

『むむむむ……』

ミコからは心配な声が上がり、頭の上からは唸り声が。そして――。

『あー、闇？ 闇だな。うん、闇。闇々しいわ。ま、頑張れば水？ いや、うーん、でもぶっちぎり闇だわ』

ついにトンガリ帽子君から審判が下る。どうやら俺の適性は闇属性らしい。うん、知ってた。

「と、まぁこんな感じだな。じゃあアマネからやってくか……。って、大丈夫か？」

問題なく適正を見られたところで、帽子を外す。いくらか生徒たちも安心をしたみたいだ。そこで、俺は名前順で適性検査を始めようと、アマネを呼ぶ。アマネはスッと立ち上がり、芝居がかったように大げさによろよろしながら教卓まで来る。

「……イヤだ。……イヤだ」

「え？」

まだ何かブツブツと言ってるアマネの口元に耳を近づける。

「――リンはイヤだ」

「……アマネ、そのス――」

「ダメ、センセイ、その名前を言ってはいけない」

「……なんでだよ」

「……大人の事情」

聞いたことのない単語であった。だがその言葉の意味を追及することは疎か、口に出すことすら許されないとのことだ。

「いいの。気にしないで。これは様式美だから。もう載せていい」

「……さいですか。じゃあまぁ載せるぞ」

アマネがそう言うのならばと、付き合うのも面倒臭く感じてしまったので、さっさとトンガリ帽子君を載せてしまう。

『う～ん、う～ん』

唸るトンガリ帽子君。何事かをぶつぶつと呟き続けるアマネ。それを若干どころか大分引いた目で見つめるクラス一同。

「えぇー……」

『ぐりふぃ「やったぁぁぁぁ!!」』

突如意味の分からないことを叫ぶトンガリ帽子君と、ガッツポーズをしながら食い気味に叫ぶアマネ。まったくもって理解し難い絵が生まれた。ミーナも呆れながら、イラッとしているのが分かる。

「……で、それはどういう魔法の適正なんだ」

なるべく苛立ちを声に出さないようにしながらトンガリ帽子君に診断結果の説明を求める。

『あ、いや、なんかこの子がそう叫べって強く念じてくるから、つい、テヘペロ』

「気持ちが通じるって嬉しい」

やかましい。

「お前らマジで真面目にやれ?」

「『はい』」

俺は笑顔を崩さず、なるべく明るい声でそう脅す。いつも俺がミーナに怒られている時と同じように。

「コホン」

……どうやら考えていることはバレていたらしい。さて、気を取り直してもう一度トンガリ帽子君にアマネの適正を見てもらう。

『むむむ…………』

十秒、二十秒、難しい表情で唸ったままのトンガリ帽子君。

「トンガリ帽子君どうしたんだ？　故障か？」

『……こいつは驚いた。あー、なんだ。いや、うん。すげー。以上』

「は？　おい、ふざけるな。すげーってなんだ。真面目にやれ」

『…………』

返事はない。目と口を閉ざし、これ以上は一言も喋らないという強い意思を感じる。こうしてみるとただの帽子のようだ。

「いいの。オーブ君でも出なかったから期待していない。私は魔法の才能がないから」

「アマネ……」

アマネはそう吐き捨てるとトンガリ帽子君を俺に手渡し、自分の席に戻っていく。クラスになんとも言えない空気が流れた。

「はいっ！　次はミコがいきますっ！」

「え、あ、あぁ、じゃあミコこっちへ」

その空気を打ち破ったのはミコだが——。

『え、なに、こいつらなんなの？　なんでこんな特殊な……。は？　いや、うん、えぇ……。もうやだぁ。わかんないよぅ』

「「「………」」」

余計に空気を重たくしてしまうのであった。

しかし、それからは順調に進み――。

「キースは土、ケルヴィンは温度、ヒューリッツは風か。レオは――」

「火でしょ」

「むしろ火だけだねー」

「うるせー。全属性の才能が隠されているかも知れねぇだろ」

キースとケルヴィンにからかわれながら、レオは帽子を手に取り――。

『火。以上』

頭に載せる前にそう宣告された。それを聞いたレオはわなわなと震えはじめ――。

「こんにゃろうっ！　燃やしてやる!!　せめて被ってから言えよ!!」

「こらこら、レオ。やめろ。トンガリ帽子君だって悪気はないはずだ。それにこれは借り物だから燃やされると俺が怒られる。そりゃもう怒られる。だから返しなさい」

レオは暫くトンガリ帽子君を睨みつけたあと、渋々返し、自分の席へ戻っていく。燃やしてしまったら学長はもちろんのこと開発者からも文句が飛んでくるに違いない。いや、文句だけならマシだろう。開発者に至っては代わりにどんな無理難題を要求してくるか考えたくもない。

「さて、あとはサーシャか。トンガリ帽子君。ここからあの子の適正属性は分からないか？」

チラリとサーシャを見る。相変わらずそっぽを向いており、拒絶オーラを全開に出している。素直に被ってくれるとは思えないため、一縷の望みを掛け、トンガリ帽子君にそう聞くのだが――。

『いや、分かるわけねぇだろ』

「……すまん」

わりと強めに返されて、少しだけ凹む。しかし、ならばどうあっても被せねばなるまい。

「……サーシャ、何も言わずこれを被ってくれないか」

俺はサーシャの目の前まで行き、トンガリ帽子君を差し出しながらそう言った。

「…………」

サーシャは確かに何も言わないでくれた。いや、単に目の前に立つ俺のことなど一切無視しているだけだ。

「えーい、ままよっ。ヒッ!?」

なので俺は勇気を出して、サーシャにトンガリ帽子君を被せようとする――が、被せたらお前を殺すという視線で睨まれたため、寸前で手を止める。危なかった。もし無理矢理にでも被せていたら二度と口をきいてもらえなかっただろう。

「ミ、ミーナ先生……」

思春期の女子の気持ちなど分からん。こういうのは女性同士の方が通じ合うだろう。多分。というわけで俺はミーナを呼んだ。

「もう、ジェイド先生。生徒の意思を無視して無理やりなんてダメですよ？　さて、サーシャちゃん？　今後の魔法の指導のためにもこのトンガリ帽子君を被ってほしいんだけど、どうかな？」

「…………」

ミーナの声かけに反応し、チラリとトンガリ帽子君を見るサーシャ。反応が返ってくるだけすごい。

やはり、ミーナに任せて正解だった。

『よぅ、なーに見てんだよ。照れるだろ』

お前は黙ってろ、帽子。なんでいちいち頬が赤らむんだよ。そんな下らない機能をつけるより、適正属性の検査精度を上げろよ。

俺はグッと言葉をのみ込み、心の中で開発者へ愚痴った。そして遂にサーシャが口が開き――。

「イ・ヤ」

と短く拒絶の言葉を発した。

「そ、分かったわ。はい、ジェイド先生戻りますよ」

「え、あ、はい」

だがミーナはあっさりと引き、教壇の前まで戻っていく。俺も慌てて追従するが、その際、一度だけサーシャの方を振り返る。彼女の表情はいつもと変わりないように見えた。

「さて、じゃあ今の結果を参考に実技練習をしに行こうか。アマネとミコに関しては色々な属性を試しながらやっていこう。なに適正がなくともコツさえ掴めば全属性の魔法を使うことはできるしな」

『そうだそうだ』

「……」

レオではないが、調子のいいことばかり言うこの帽子を少しだけ燃やしたくなったのは言うまでもないだろう。

それから俺たちは、魔法の練習をするべく小訓練場へと移動した。移動する生徒は六人のため、広さは十分だろう。

そう、移動したのは六人だ。サーシャはクラスに一人残っているとのことだ。退屈だろうから見学でもしに来ればいいものをと思ったが、それを言っても余計に嫌われるだけだろう。あぁ、そうさ。嫌われていることくらい自覚しているさ。

「ジェイド先生？　ジェイド先生？」

「ハッ。コホンッ。すまない。えぇと適正が分かっている男子四人に関してはミーナ先生見てあげてくれないか？　で、俺は適正が分からなかった二人を見てみる」

「分かりました。じゃあ男子四人はこっちへ」

ミーナは男子四人をつれて離れていく。ヒューリッツは元々真面目だし、他の男子三人もミーナにはあまり反抗しないから丁度いいだろう。しかし、問題はこちらの二人だ。

「さて、オーブ君でもトンガリ帽子君でも適正が分からなかったわけだが、どうしたものかな。んー、まぁとりあえず手当たり次第魔言を唱えてみて、一番形になりやすいものを見ていくか。まずはアマネ、風魔法の『そよ風《ウィンド》』を唱えてみようか」

風魔法はもっとも身近な自然に干渉する魔法のため、適正がなくとも成功しやすい魔法だ。一音節の風魔法『そよ風《ウィンド》』はその名の通り、そよ風を起こすだけ。焚き火などをする時に便利な魔法である。

「あぁ、その前にちょっと待ってくれ」

事前資料によればアマネは一度も魔法に成功したことないどころか、その兆候すら発現したことがないとのことだ。だが、もしかしたらこの一回で何かコツを掴んで発動できるかも知れない。

俺は発動したことが分かるように魔力の糸を生成し、天井に張り付ける。ぷらんぷらんと揺れるその先には紙を一枚ペタリ。動きをとめて、と。

「これに向かって唱えてみようか。少しでも揺れたら成功だぞ」

だが、これに対しアマネは——。

「フンッ、別に吹き飛ばしてしまっても構わんのだろう？」

「なんでそんな自信満々なんだよ」

自信満々の笑みでそんな生意気なことを言うと、右手を突き出す。

「『そよ風《ウィンド》』……ッフ」

「いや、なんで勝ち誇ってるんだよ」

アマネは妙に憂いのある表情で『そよ風』を唱えた。しかしと言うか、やはりと言うか結果は不発。魔言が魔法陣を象《かたど》ることはなかった。それでも失敗したと思わせないその堂々とした態度は流石アマネというところである。

「じゃあ、左手を貸してみろ」

「……？　ロリコン？」

「……その言葉が何を指すかは知らないが、良い意味の単語ではないということだけは想像できるぞ。先生がアマネの内魔力を操作して、アシストしてやるから、ほれ」

そう説明し、俺から左手を差し出す。アマネは特に何を言うでもなく握ってくれた。

「じゃあ、先生がアマネの左手の魔力回路から魔力器官まで魔力を通すから、なんとなく感覚を覚えるんだぞ？」

コクリ。アマネは素直に頷いた。そして俺はゆっくり慎重にアマネの左手から魔力を通していく。

「…………は？　なんだこれ……おい、アマネ中止だ」

魔力回路に魔力を通した瞬間、その回路の数、構造に戸惑う。だが、それ以上に驚いたのは俺の魔力がどんどん吸われていくということだ。

「……ククク、久しぶりの馳走だ。礼を言うぞ。おぉ、そうであった『そよ風《ウインド》』であったな？　よかろう今は気分が良い。見せてやろうアマネの『そよ風《ウインド》』を‼」

「おい、アマネふざけてる場合じゃない！　唱えるんじゃないぞ！」

アマネの冗談に付き合ってる場合ではない。俺は切羽詰まった言葉で制止する。他の生徒たちやミーナも手を止めて、何事かと心配げに見つめてくる。しかし、当のアマネは目が完全に据わっており、止まる気配がない。手を離すべきかとも考えたが、すでにかなりの量の魔力が吸われてしまっている。この魔力が体内で暴走したら危険だ。このまま外からコントロールするほかない。

「幾星霜《いくせいそう》ぶりの魔法だろうか……。存分に味わうがよい。……天つ空を支配する龍たちよ、我が命に従い、その牙《アギト》で蹂躙せよ――」

「みんな離れて伏せろっ!!」

アマネの右手に魔力が集まっていくのを感じた。この量はマズイ。ただの『そよ風』で済むとは到底思えない。俺は怒号に近い声で生徒たちとミーナにそう告げる。幸い、皆こちらを警戒しながら注視していたため、すぐに行動に移れた。そして——。

「『そよ風《ウインド》』!!」

呆気なく、その魔言は魔法陣の形を成した。そして、小訓練場を破裂させんばかりの暴風が吹き荒れる。

「クハハハハッ、今のは四音節魔法『暴風雨《テンペスト》』ではない。『そよ——』きゅうぅぅぅ」

そして高笑いし、魔力を使い切った後、アマネは意識を失った。慌てて俺はその身体を抱きとめ、全身の状態を素早く確認する。体が熱い。今まで使ったことのない魔力回路に無理やり魔力を流し込んで魔法を唱えたことによる魔力暴走《オーバーヒート》。そして魔力器官内の魔力を全て使いきったことによる魔力欠乏《ブラックアウト》だろう。

「ジェイド先生、とにかくすぐにアマネちゃんを保健室へ」

「……ミーナ先生、ここは頼む」

すぐに駆け寄ってきたミーナにそう言われ、監督を任すと俺はアマネを抱えあげ、急いで保健室へと向かうのであった。

「はい、いらっしゃい——と、ふむ。そっちへ」

保健室には幸い養護教諭が在室しており、腕の中のアマネを見て、ベッドに寝かすよう指示してくる。名前は確かケイト先生だ。

「それで、どうしたんだい？」

アマネを寝かすと、ケイト先生はすぐに診察を始めながら事の経緯を尋ねてくる。

「一音節魔法を唱えて、魔力暴走と魔力欠乏を」

「一音節魔法で魔力暴走と魔力欠乏？　どんだけぶっ飛んだ魔法の使い方をしたんだい……。ここの生徒でそんな例は聞いたことないよ」

俺も今まで何度か他人の魔力操作をしたことがあるがこんな例は初めてだ。それにあの魔力回路の数、それに太さのまったく違う回路が複雑に絡み合う構造。まるで一人の人間の体の中に二人の人間の魔力回路が詰め込まれたような――そんな異質さ。

「ふむ、とりあえず命に別状はなさそうね。少し体を冷やして、休ませてあげれば大丈夫でしょう。ここは私が見てるので先生は授業に戻っていいですよ。今はどこで授業を？」

「ありがとうございます。よろしくお願いします。小訓練場にいますので、何かあればすぐにお知らせ下さい」

「はいよ、任された」

氷嚢を用意し、てきぱきと処置しているケイト先生に礼を言い、その場を去る。せめてもの救いはアマネの表情が穏やかであったことくらいであろう。

「……ジェイド先生、アマネちゃんは」

「ひとまずは心配ないとのことだ」

訓練場に戻るとミーナが駆け寄ってきて、状況を尋ねてくる。ほかの生徒たちも不安げな表情だ。

「アマネの身に何が起きたか説明しよう。結論から言うと魔力暴走《オーバーヒート》と魔力欠乏《ブラックアウト》だ」

そして俺は事細かに先ほど起こったことを生徒たちとミーナに説明をした。

「――というわけだ。今まで失敗したことがなかったと高をくくった俺の責任だ。本当にすまない。

皆には同じ訓練方法は――」

「俺は別にいいぜ？　魔法を使えるようになるならそんくらい平気だ。別に死ぬわけじゃないんだろ？」

「レオ君っ！　変なこと言わない！　それと言葉遣いに気を付けて下さい」

「はーい」

「はいは短く」

「……はい」

レオがそっぽを向きながらそんなことを言ってくれた。もしかしてレオなりの気遣いだったのだろうか。不器用なその気遣いに少しだけ救われる。

「先生、僕もその覚悟はあります」

ヒューリッツが真面目な顔でそんなことを言う。この子に至っては裏表のない純粋な表明であろう。

こんな時になんだが、少しだけ可笑しく思えてきてしまう。

「えぇー、俺はちょっとイヤかなぁ〜、できれば痛くなくて、苦しくなくて、楽なやつがいい」

「ハッハッハ、ケルヴィン？　それはちょっとわがままじゃないですか？　まぁボクはみんなが倒れるかどうかを見届けてから決めます」

「フフ、キース君も大概だねっ。ミコは召喚魔法が使えるようになるならなんでも平気です！」

生徒たちは各々言いたいことを言いはじめる。俺はそれを苦笑しながら眺め、感謝とそして自分の不甲斐なさを感じるのであった。

「はいはい、そこまでです。とにかく、今日の授業は私がこのまま行いますから、ジェイド先生は学長に報告をお願いします。はい、みんなもちゃんと集中して下さいね」

「あぁ、ミーナ先生すまない、ありがとう。行ってくる」

ミーナは結局最後まで俺のことを非難することなく、フォローに徹してくれた。本当に周りに助けてもらってばかりだ。もう何度目かになる不甲斐なさに胸が痛くなる。


「ジェイドです。学長ご在室でしょうか？」

学長室の扉をノックし、声を掛ける。中からは入りたまえという返事が返ってきた。

「失礼します」

学長室にはベント伯とブリードさんがいた。

「ふむ……。どうやらあまり良いニュースではなさそうだね。何かな」

穏やかな声でそう尋ねるベント伯は、既に俺の声色や表情からどんな類の報告かは察しているようであった。

「えぇ、実は――」

そして俺は先ほど起こった事の顛末を説明する。ベント伯はその間、目を閉じ表情を変えないまま、一切の言葉を発さずにこれを聞き届けていた。

「というわけです。このようなことを起こしてしまい、本当に申し訳ありませんでした」

「……ふむ。そうか、アマネ君がね。ジェイド先生はアマネ君の体にまるで二人分の魔力回路が詰め込まれているようだと、そう言ったね」

「はい……。そんな例は見たことないので、感覚的な話ですが……」

「いや、それは的を射ているのかも知れない。そう言えばトンガリ帽子君はアマネ君に対してなんと言ったかね」

「え、トンガリ帽子君ですか?」

急にトンガリ帽子君の話になり、一瞬呆ける。しかし、ジッとその答えを待つベント伯を見る限り、重要なことなのであろう。すぐに先ほどの場面を思い出し――。

「……確か随分と時間を掛けた後、驚いた、凄い、と」

そう答える。

「なるほど、トンガリ帽子君でも分からない、か。ジェイド先生、一度『銀の魔女』のところへ行ってみないかね」

「……『銀の魔女』ですか?」

そして次にベント伯から出た言葉はまさかの『銀の魔女』であった。『黒の影』『蒼の氷双』と共に三傑に数えられる、その二つ名通りの魔女だ。

「あぁ、それにミコ君も『銀の魔女』に用があるはずだろう?」

「召喚魔法……。学長は何でも知ってらっしゃるんですね……」

ミコが召喚魔法に強い憧れがあること、そして『銀の魔女』――エメリアが召喚魔法の研究に熱心なのを知ってのことだろう。

「まさか、私ごときが全てを知ってるなど烏滸がましい。それにこれは私ではできないことだからね。『銀の魔女』は多忙で気難しいことで有名だ。例えば数少ない友人の依頼でなければ面会が叶わないほどには、ね」

当然ベント伯は三傑同士が同級生であり、友人関係にあったことなど把握している。なるほど、確かに、ことエメリアに至ってはベント伯でもどうにもできないかも知れない。アレは興味のないものには一切構うことはないし、権力に屈することもない。と言っても彼女の権力を超えられる者など数えるほどしかいないが。

「分かりました……。ですが、彼女の居場所は――」

「うむ。王都にある王立魔法研究所だな。何、心配するな。君の王都入場――それくらいは私がなんとかしよう」

なんとかする――ベント伯がそう言うのなら、それは確かになんとかできるのであろう。王都から下された追放令を果たしてどんな手段を用いて、破るのかは想像もできないが、方法は聞かない方が幸せな気がする。

「では、準備ができ次第、こちらから声を掛けよう。あぁ、そうそうアマネ君の件に関しては処罰はなし——いや、王立魔法研究所への課外授業の監督を君がするというのを罰とでもしとこうか。それと、もどかしいとは思うが彼女に会うまではアマネ君の魔法の訓練は控えてくれ。以上だ」

「了解しました。失礼いたします」

妙なことになったものだと感じつつも、最初からこうなるようベント伯の掌の上で踊っていただけな気もする。

☆

それから数日間、通い慣れた小訓練場ではアマネとサーシャ以外が魔法の訓練に取り組んでいたわけだが——。

「イヤですっ!! ミコは召喚魔法を最初に使うと決めてるんですっ!! たとえせんせーが何て言ってもそれは曲げませんっ!!」

「だーかーら、ミコ何度も言ってるだろ!? 召喚魔法っていうのは応用魔法学の中でも殊更特別な分野で、基礎魔法学を修めたあと、王都にある高等魔法院で修生となり、その後研究所なりに入ってようやくスタートラインだ!! このままじゃ退学になるぞ!!」

「あー、あー、聞こえませーん!!」

「こら、ミコ!! それはズルだぞ!!」

「ズルじゃないですー!!」

「聞こえてるじゃないか!!」

「そこだけ聞こえたんですー!!」

最も簡単に進むと思っていたミコが実は一番厄介であったのだ。というわけで先ほどの言葉を訂正しよう。この数日間、アマネとサーシャとミコ以外はミーナの指導の下、魔法の訓練に取り組んでいた。そして俺はこの通り、ミコの説得だ。

「センセイ、ミコが可哀そう。もう少し生徒の意見も尊重してあげるべき」

「わーい、アマネちゃん優しいー、ありがとう」

それに茶々をいれたのはアマネだ。幸いアマネは魔力欠乏《ブラックアウト》を起こした後、数時間で回復し、後遺症も残らず元気になってくれた。『体が軽い。こんなの初めて。もう何も恐くない』なんて言いながらクルクルステップを踏み始めた時には重篤な頭の障害が残ったのかと焦ったが、なんてことはない。いつものアマネの悪ふざけであった。

そして通常運転のアマネは今もいつもの淡々とした声でそんなことを言いながら、ひしりとミコと抱き合っている。アマネの言葉は額面通りに受け取れば、優しいと言えるのだが、なぜだろう、自分だけが置いて行かれないように仲間を増やしているように見えてしまうのは。俺の心が汚いからだろうか。

「ミーナ先生、頼む。ミーナ先生からも言ってやってくれ」

「……むしろ、こっちを手伝ってほしいくらいなんですけど？」

俺が疲れた声でミーナに頼むと、ミーナも珍しく疲れた表情で愚痴を零す。少し離れたところで魔法の訓練をしている男子四人を見ると――。

「ハハハ、委員長、なんだよそれ。『そよそよ風』って」

「フフ、でも、そんなこと言うレオだって『灯火《ファイア》』成功してないけどね～」

「そうです。そうです。ま、そういうケルヴィンも、『熱化《ホット》』と『冷化《コルド》』一度も成功してませんけどね」

「『そよ風《ウインド》』!! 『そよ風《ウインド》』？ ……『そーよ風』!! 『そよそよ風』!!」

「ま、そうとも言いま――」

「いや、キースだって『粘土《クレイム》』使えてねぇじゃねぇかよ」

「うるさい!! 真面目に訓練をする気がないなら出ていってくれ!!」

「なんだと、『そよそよ風』委員長が!!」

「ちょ、レオ、『そよそよ風』委員長は可哀そうだよー、ぷぷっ」

「えぇ、ぷぷ、そうですよ。今回は『そよそよ風』委員長の言う通り、ボクらが悪いですよ」

「『そよ風《ウインド》』!!」

「わっ……って、おい、委員長。人に向けて魔法を撃とうとすんなよ!!」

「まぁ、これはレオの言う通りなんだけどー、『わっ』だって～、ぷぷ」

「確かにあれだけ人をバカにしておいて『そよそよ風』向けられたら『わっ』って、ちょっとなんともカッコ悪いですね」

「お前らぁ……」

「あっ、暴力はんたーい」

「えぇレオ？　僕たちは知性と理性ある生き物ですから、話し合いでですね――」

そんな一幕を見て、俺は眩暈を覚えた。今の一幕から少なくとも知性やら理性やらは感じ取ることができなかった。ミーナも呆れた顔で怒りをため込んでるようだ。あいつらには心の中でご愁傷様と言っておこう。

「さて、ミコ。あの男子たちを見たか？　俺たちは冷静に相談しあおうな？」

「そうですね。でも、召喚魔法以外唱える気ありませんからね？」

「「……」」

しばし見つめ合い、ニコリと笑い合う。やはり、エメリアに会いに行く以外どうにもできないみたいだ。俺は早くベント伯の準備が済んでくれることを祈るほかなかった。

「学長、ジェイドです」

「うむ、入りたまえ」

そんなことを祈っていたら、それが通じたのだろうか。早速放課後ベント伯に呼ばれた。要件は十中八九、王都行きの件だろう。

「失礼します……」

「ふむ、どうやら努力クラスには手を焼いているようだね」

「……えぇ、教育というものを舐めていたつもりはないのですが、想像以上という感じですね……」

ミーナから聞いたのか、はたまた俺の表情からそう察したのか、ベント伯がいつもの泰然とした笑みでそう尋ねてきたため、つい苦笑しながら本音を零してしまう。

「フフ、ジェイド先生、君は教師としては駆け出しと言えるだろう。だが、駆け出しには駆け出しの良さがあるものだ。さて、本日呼び出した要件はと言うと――」

駆け出しの良さ。一体、どういうことか聞こうとも思ったが、ベント伯はさらりと流し、本題へと移ってしまった。ということは、それは言葉にできる類のものではないのかも知れないし、あるいは駆け出しの時分には分からないことなのかも知れない。

「王都行きの準備ができた。まずはこれを――」

そう言って渡してきたのは一枚の書状だ。サッと目を通す。要約するとこれを見せれば三日間までは王都への滞在が許されるというものだ。

「ありがとうございます」

「うむ。そしてこの書状が正しく効力を発揮するために誰が今回王都へ行くのかを言おう。ジェイド先生、アマネ君、ミコ君――」

効力を正しく発揮する――妙な言い回しだ。しかし、それは明らかに故意の言い回しであったし、察するにその意味は聞いてくるなという雰囲気だ。そして、それに依るとどうやら王都行きのメンバーはベント伯が指定するとのこと。まずは、俺、アマネ、ミコ。ここまでは順当と言えよう。そして――。

「レオ君に、ミーナ先生、そしてエレナ君とフェイロ先生、だ」

「ミーナ先生はまだしも、レオにエレナ……さんとフェイロ先生です、か？」

いよいよ訳が分からない。ベント伯から告げられたメンバーに驚きを隠せない。ミーナは副担任であり、女生徒と男性教師だけの課外授業というのは世間体的によろしくないから、付き添いを任命されるのも分かる。だが、レオにエレナにフェイロ先生というのはまったく予想していなかったからだ。

「そうだ。君はエレナ君とフェイロ先生とは面識はあるかね？」

フェイロ先生は、レオを弟子に取ることは秘密にしたいと言っていた。また、同様に俺がエレナに個人的に魔法を教えていることも。となれば、誤魔化すしかない。

「……騎士科の見学の際、会話を交わす程度には――」

「……なるほど。フフ、いじわるをしてすまない。フェイロ先生のところにレオ君が弟子入りしたことも、君がエレナ君に魔法を教えていることも実はフェイロ先生から報告を受けている」

「そう、でしたか……。大変失礼いたしました」

「いや、なに試そうとしたわけではない。ほんの悪戯だ。私の方こそ不躾なことをすまないね」

ベント伯はそう言って、小さく笑う。フェイロ先生……それならそうと先に言っておいてくれ。バツの悪さから少しくらい恨み節が出てくるのは仕方のないことだろう。

「……それで、なぜフェイロ先生とエレナさんを？」

「アッハッハ、実は……秘密なんだよ」

「…………」

ベント伯はふざけているのだろうか？　その真意を探るべく注意深く、表情を窺う。

「すまないね。ふざけているわけではないんだよ。言うことができない。私が言えるのはここまでなんだ」

言うことができない。それは何らかの圧力が掛かっているということか？　辺境伯であるベント伯に圧力を掛けることができる人物など極僅かだ。だが、もしその限られた人物が関わっているのだとしたら、口を挟むのは止めておいたほうがいいだろう。

「了解しました。では指示された通りのメンバーで王都へ向かいたいと思います」

「うむ、頼んだぞ。君には苦労をかけてすまないな」

「いえ、私の方こそ苦労をおかけして申し訳ありません。では、失礼いたします」

★

ジェイド先生が去った後――。

「ジェイド先生には事情を説明しておいてもよろしかったのでは？」

珍しくブリード君から進言がある。私は苦笑しながら――。

「ジェイド先生を信用していないわけではない――というのは分かっているだろうから、知らずに済むなら楽なこともある、とこちらかな？　おや、珍しく不機嫌そうに見えるね」

「……いえ、ただ学長はジェイド先生に対して、少しばかり——」

「甘すぎる、かね？」

いつも無表情のブリード君だが長年の付き合いになると、その表情の微妙な差異にくらい気付けるようにもなる。確かに私は少しばかりジェイド先生を贔屓しているのだろう。

「失言でした。申し訳ありません」

「いや、いいのだよ。自覚はある。それでこんなことを言った後に頼むのもなんなんだが——」

「護衛、ですね？　畏まりました」

「フフ、その通りなのだが、ブリード君、お互いせっかちはいかんな。相手の言葉は最後まで聞かないと。というわけでよろしく頼んだよ」

「肝に銘じておきます」

☆

そして、ベント伯との話が終わった後、俺が向かった先は——。

「おや、ジェイド先生、いらっしゃい。今日はエレナの？」

「フェイロ先生お邪魔します。……あ、いえ今日は王都の件のご相談に」

「あぁ、なるほど、立ち話もなんですし、どうぞ中へ」

フェイロ先生の家だ。相変わらず屋敷から随分と離れた門の前でそんな会話を交わした後、のんびりと肩を並べて歩く。

「レオはどうですか？」

無言で歩くのも気まずいので、うってつけの話題としてフェイロ先生の家で弟子として過ごすレオの様子を尋ねる。

「フフ、そうですね……。少し見ていきますか？　もしかしたら面白いものが見れるかも知れませんよ？」

「面白いもの？　……では」

悪戯な笑みを浮かべるフェイロ先生の言葉に乗せられた形で屋敷ではなく、鍛錬場へと足を向け直した。

☆

「ハァ……、ハァ……。どうだっ……」

俺は鍛錬場の端から端までの雑巾がけを終え、偉そうに監督しているエレナに対して、雑巾を突き付けながらそう言ってやった。

「やり直し。ねぇ、このままだと一生掃除だけで終わるよ？」

だが、エレナはきちんと確認もせず簡単にそう言いやがった。

「……チッ」

単にイビられているんじゃないかという気持ちがフッと浮かんできて、つい舌打ちが出てしまう。

「はぁ？　ねぇ、アンタ今舌打ちした？　姉弟子である私に舌打ちした？」

二人きりで静かな鍛錬場だ。思った以上に舌打ちの音は響いた。誤魔化すことはできないし、かと言って謝ることもしたくない。結局俺は――。

「……した。あぁ、したよ。したからなんなんだよ!!　来る日も来る日も掃除、掃除、掃除!!　俺が弟子入りしてやったのは掃除だけじゃねぇか!!」

雑巾を床に投げ捨て、思いっきり怒鳴ってしまった。

「うっわ、逆ギレとかさいってー。それに師匠に文句言えないからって私に言ってくるの？　アンタ超カッコ悪いよ」

エレナは冷めた目で俺のことを見下ろしてくる。全部その通りだ。恥ずかしさと悔しさで顔が赤くなるのが分かる。だが、もう引き下がることはできない。

「え、何、アンタ泣くの？」

「泣かねぇよ!!　このまな板ブス!!」

「かっちーん。弱チビくん？　アンタ本当に死にたいの？　でも、私姉弟子だし、アンタよりよっぽど大人だし？　今、謝って掃除に戻れば許してあげる。あー、私って本当に天使みたい」

こめかみに青筋を立てながらエレナが凄んでくる。だけどどうしても俺は――。

「謝らねぇよ。ま　な　い　た　ブ　ス」

素直になれなかった。

「フフっ」

エレナはニコリと笑うと一瞬で俺の体の下に潜り込んできた。慌てて避けようとするが、間に合わない。そのままエレナは素早く体を捻って、右の掌底を引き絞る。そして一気に開放した。

「ガハッッッ」

その衝撃は凶悪であった。俺は何メートルも吹っ飛び、意識が飛びかける。呼吸などできるわけもなく、みっともなくのたうちまわるだけだ。

「いい？　うちの剣を学びたいならまずは心を磨きなさい。その邪念がなくなるまで徹底して掃除ができるようにならなきゃ、いつまで経ってもアンタなんて心の弱い、弱チビよ」

「……う、る、せぇ、まな板、ブス」

「はぁ……。なんでアンタみたいなひねくれバカをパパは弟子に取ったんだろ。生まれてきてから今までで一番の謎よ」

そんな言葉が聞こえた気がするが、俺が意識を保っていられたのはそこまでだったようだ。

☆

「ハハハ、いいでしょう？　レオとエレナのコンビ」

陰からこっそり様子を見ていたが、この光景を笑いながらいいでしょう？　と尋ねてくるフェイロ先生に少しだけ引いてしまったのはここだけの話だ。

「反抗期ってやつですかね……。その、娘さんに対してひどい言葉を吐いて申し訳ありません」

「いえいえ、思春期ですから仕方ないですよ。それにレオは可愛げがありますから。紳士に振舞って、娘に近寄ろうとする輩よりよっぽど良い」

そう言ったフェイロ先生からごくわずかに漏れ出た殺気は、以前組み手をした時とは段違いだ。大切な人を守るためにならば鬼にでもなる。きっとそういう人なのだろう。

「さて、じゃあジェイド先生バレる前に行きましょうか」

「え、レオはあのまま……」

「ハハハ、床で気絶したくらいじゃ人間死にませんよ。それにいざとなったらエレナがなんとかするでしょう。弟弟子の世話は姉弟子の役目ですから。さっ、行きましょ行きましょ」

フェイロ先生は柔和な雰囲気を纏っているが、言動はいくらか過激である。それが出会ってから今に至るまでに学んだことである。


「あら、ジェイド先生いらっしゃい～」

屋敷ではフェイロ先生の奥さんであるコレットさんが出迎えてくれた。フェイロ先生と並んでる姿を見る度に現実感が薄れ、まるで物語の観客になったような気持ちになる。絵になる美男美女とはまさにこういうことを言うのだろう。

「あの……、どうされました？」

そんなことを考えていたらコレットさんに心配そうに顔を覗かれる。

「ハッ。あ、いや、すみません。つい考え事を……。お邪魔いたします」

慌てて手をブンブン振り、誤魔化す。一体何をやっているんだか……。

「フフ、変なジェイド先生だ。奥の部屋で話しましょうか。コレットも一緒で大丈夫でしょうか？」

「ハハ、すみません。えぇ、もちろん」

挙動不審な俺に苦笑しながらフェイロ先生はコレットさんと奥の部屋へと向かう。そして三人で席につき、コレットさんが淹れてくれた紅茶を飲みながら、王都行きの件を相談する。

「まず確認なんですけど、フェイロ先生とエレナさんは今回の王都行きに同行するということで合ってますよね？」

「えぇ、そうですね。私とエレナ。あとはレオを連れていくつもりです。ご迷惑をおかけしますが、ご一緒させて下さいね」

「いえ、そんなご迷惑だなんて……」

と、応えながらしばし逡巡する。今回の王都行きの許可証を貰う際のキーとなったのは、フェイロ先生とエレナ、あるいはレオだろう。だが、それは不確定であること、理由は尋ねるなとベント伯から釘を刺されたのもあって語尾を濁してしまう。

「フフ、ありがとうございます。あっ、それと謝らなければいけないことが一つ。レオの弟子入りとエレナの魔法指導の件、ジェイド先生には秘密にしておいてほしいと言っておきながら、学長にバレてしまいまして」

「えぇ。学長にはそれでからかわれてしまいましたよ」

「おや、それは大変申し訳ない。学長から指摘された時点でジェイド先生にご報告しておくべきでした。すみません」

フェイロ先生は悪びれもせず、棒読みで謝罪の言葉を口にした。なるほど。ベント伯はこの件に関してフェイロ先生もからかい、その後で口止めをして、俺をからかったというわけか。

「いいえ、災難な事故のようですから。それと今回の王都行きの理由なのですが――」

俺はアマネとミコのことを説明する。王都にある王立研究所――その所長である『銀の魔女』エメリアに会いにいくことが目的だと。そしてエメリアに会うということに俺の出自が関わってくる。

「それでフェイロ先生は私のことを学長から聞いていますか？」

「えぇ。かの『銀の魔女』と縁があり、王都に入れない事情がある、とだけ。学長はあとは本人から聞いてくれと仰られていたので、もしよろしければ聞かせていただけますか？」

「えぇ、もちろんです。実はですね――」

そこで俺は前職と、教師としてこの学院に拾われるまでの経緯を説明した。

「――というわけで、貴族からは嫌われていて、王都も本来であれば入場することが叶わないんです。幸い、学長から王都への入場許可証は頂けましたが嫌がらせや変な目で見られる可能性はあります」

つまり、迷惑を掛けるのはフェイロ先生でも生徒たちでもなく、俺なのだ。器用に生きてこれなかった自分が恨めしい。

「なるほど。それは苦労なされましたね……。事情は分かりました。しかし、まさかあの三傑に数えられる『黒の影』とは。只者ではないと思っていましたが、すごい方にエレナは魔法を師事できて本当に喜ばしい。あ、いや、今はそんな話ではありませんでしたね。ハハ、親バカでお恥ずかしい」

「魔法しか取り柄がなかったものですから、それに自分で学ぶのと、人に教えるのはどうも勝手が違うので、その……あまり期待されると……」

俺が厄介者であると告白してもフェイロ先生は何ともない風に笑い飛ばしてくれた。その気遣いが嬉しかった。だが、アマネの件があったばかりだ。つい弱気な言葉が出てしまう。

「いえいえ、実際エレナはジェイド先生の魔法の指導は楽しいと喜んでいましたよ。いまだに騎士科と魔法科には溝がありますから、熱心に騎士科の生徒を指導して下さる魔法師はいなくて……」

「そうですか。エレナさんが……それは嬉しいですね」

「っと。話が逸れてしまいましたね。王都行きの計画を詰めましょうか」

「……えぇ。そうですね」

それから暫くは、具体的な予定の調整を行い、二杯目の紅茶がなくなりかけた頃——。

「——という予定でいきましょうか」

「えぇ。その予定で大丈夫かと思います。……と、もうこんな時間なんですね。遅くまでお邪魔してしまって申し訳ありませんでした」

懐中時計を開くと夜八時だ。夕飯の時間もあるだろう。

「おや、本当ですね。ジェイド先生、夕飯の予定は？」

「……今夜はちょっと」

「なるほど。では早く帰さないと、ですね。きっとイイ人が待っていらっしゃるんでしょう」

「はいはいアナタ、からかわないの。ジェイド先生、何もおもてなしできないでごめんなさいね」

「いえ、紅茶美味しかったです。折角お誘いしていただいたのに申し訳ありません」

フェイロ先生とコレットさんが立ち上がる。これで今日の相談は終わりということだ。俺も立ち上がり、折角の誘いを断ってしまったことを謝る。これが他の人であれば社交辞令で断るのが礼儀なのかも知れないが、フェイロ先生とコレットさんはきっと本当に厚意から出た言葉だろう。

「では、ジェイド先生、わざわざお越し下さりありがとうございました。また何かありましたら相談を。と言ってもエレナの指導に頻繁に来て下さってますから改めて言うまでもないですね」

フェイロ先生は門まで見送りまでしてくれて、苦笑しながら丁寧な礼を口にする。

「ハハ、そうですね。近いうちにまたお邪魔します。今日はありがとうございました」

俺も苦笑しながらそれに倣い、別れの挨拶を口にする。そしてフェイロ先生に背を向けて歩き出そうとしたところで――。

「あっ、そうそう。ジェイド先生……」

「はい、なんでしょうか?」

呼び止められる。振り向いて何事かと尋ねるとフェイロ先生は――。

「私とレオは・・・・・オマケですよ」

静かに微笑をたたえてそんなことを言うのであった。

☆

「ただいまー」

俺は現在、自分の部屋の玄関前でノックをしながら待っている。何をって？

ガチャリ。

「……おかえりなさい」

鍵と扉が開くのを、だ。ベント伯からミーナも王都行きの一員であると聞いて、フェイロ先生のところに一緒に行こうと誘ったのだが――私がいるとできない話もあるのではないか、と辞退され、夕飯を一緒に食べながら報告を聞くと言われたのだ。

外で話す内容ではないし、どちらかの部屋といえば俺の部屋だろう。というわけで夕飯を用意して待ってるというミーナに運ぶ手間を考えるなら、と鍵を渡し、俺の部屋で待っていてもらったわけだ。

「入らないの？」

「入るよ？」

頭の中で謎の状況説明（？）を繰り広げていたところで、ミーナから訝しげな視線と言葉が飛んでくる。フェイロ先生がイイ人が待っているなんて言うから、変に意識してしまったのだ、と他人《ひと》のせいにしてみる。

「遅くなってすまない」

「ううん、大丈夫」

靴を脱いで部屋に上がり、外套をハンガーへと掛ける。

「……いい匂いだな」

部屋の中にはいくつかの料理の美味しそうな匂いが漂っている。俺はいつもの定位置に座って、なんとなくそわそわしながらそんなことを呟いた。

「うん、もうできてるよ。少し温めなおすから待っててね」

「あぁ、ありがとう」

催促したわけではないのだが、結果そう聞こえてしまったのだろう。くるりと振り向きキッチンへ向かうミーナ。俺は座ったまま、その背中をぼーっと眺める。

「はい、どうぞ」

テキパキと動くミーナを眺めていたらあっという間に時間が過ぎていた。出てきた料理はどれも美味しそうである。

「じゃあ食べよっか」

「あぁ、いただきます」

ミーナと向かい合って礼をし、料理に手をつける。まずはこの魚らしき料理だ。

「うん、美味い。これは？」

「ありがと。それはフィゴードね」

フィゴード――聞いたことはある。魚だ。だが、どんな魚かはよく知らない。そのフィゴードなる魚を甘辛く煮付けたものだな。

「こっちのパリパリしてて、ジューシーなやつは？」

「エゾシックルのもも肉」

「そいつは知ってる。山を駆け回ってるヤツだな」

皮は輝いており、食感はパリパリ、噛むとじゅわりと肉汁が溢れ、香ばしい匂いが口の中に広がる。

「じゃあ、これは知ってる？」

今度は逆にミーナの方からイタズラをするように聞いてくる。このサラダに入ってる葉っぱの名前は、確か……。

「…………ナッパ？」

「はい、不正解」

ウィンダム王国でもっともポピュラーな野菜であるナッパと答えたが、ハズレのようだ。いや、ナッパではないと分かっていたが。

「まぁ、なんでもいいさ。美味ければ」

「まったく、雑なんだから……」

正解はクルタムの葉だったらしい。が、それがどんな葉でどんな木で花が咲くかどうかも知らない。でもこれだけは分かる。美味い、と。

「ふぅ、食べた食べた。ご馳走様」

「はい、お粗末様でした。洗い物終わったらコーヒー淹れるね」

二人で食べ終わった食器をシンクまで運び、水につける。すっかり台所はミーナに任せっきりになってしまい、それに甘えてしまっていると認めざるを得ないだろう。だが――。

「コーヒーくらいは俺が淹れよう」

僅かばかりだか誠意は見せるべきだろう。

「そう？　ちゃんと淹れられる？」

「バカにするな」

そして、俺は既に洗い物を始めているミーナの横でコーヒーの準備に取り掛かるのであった。


「苦いね」

「すまん」

張り切るとついついコーヒーが苦くなりすぎてしまう現象が度々起こるのだが、これは何故だろうか？　王立魔法研究所に研究テーマとして提出すべきか悩んでしまうところだ。

「少しミルク入れると丁度いいね。ジェイドも入れる？」

「いや、このままでいい」

「フフ、そ」

なぜか笑われた。そしてしばし渋い顔でコーヒーを飲み続ける。

「それでジェイド？　どんな話だったの？」

「あぁ、日程や行程を話し合ってきた。これで大丈夫かミーナの意見も聞かせてくれ」

落ち着いたところで本題である王都行きの件についての相談を始める。先ほどフェイロ先生の家で決まったことをミーナに説明していく。

「うん。日程も大丈夫だし、行程も問題ないんだけど、少しだけ違和感を感じるかな」

「一日目か？」

「うん……。昼に王都に着くならそのまま王立魔法研究所に行けばいいと思うんだけど、エメリア様はいつでもいいって言ってるんだよね？」

「あぁ。エメリアからの書状にはいつでもいいと書いてあった」

王都入場許可の書状と一緒に渡されたエメリアからの書状。中身はいつでもいい。土産は面白い話だけでいいと、それだけが書いてあった。

「てことは、やっぱり何かあるのかな」

「だろうな」

一日目はグループ別の行動をとらせてほしいとフェイロ先生から申し出があった。俺、ミーナ、ミコ、アマネのグループとフェイロ先生、エレナ、レオのグループだ。そして最後のフェイロ先生の言葉――。

「フェイロ先生とレオはオマケだそうだ」

「？　何それ？」

「フェイロ先生自身が別れ際に言った言葉だ。今回の王都来訪の許可を出したのは余程の大物であり、且つエレナが鍵となっているようだ」

今までの話を統合して考えれば、そういうことになるだろう。

「エレナちゃんが？」

「……多分な。エレナについて何か知ってることは？」

「特別な噂は聞いたことがないかな。騎士科の子たちのことはほとんど知らないってのもあるけど……」

ミーナにエレナのことを尋ねるが首を傾《かし》げるばかりだ。しばし二人で考え込むが、答えが出ることはないだろう。

「……まぁ、王都来訪の許可が出た事実だけを喜ぼうか。あとはミコとアマネの件に集中しなきゃな」

「そうだね。言えない理由があるならそっとしておこっか。あと、ジェイド？　王都ではトラブル起こさないでね？」

そう言ってニコリと笑うミーナ。

「善処するよ」

冷めてしまい、余計苦くなったコーヒーを飲み干して俺はそう返すのであった。

第二章

episode.02

王都と三傑

I was fired from a court wizard so I am going to become a rural magical teacher.

それから努力クラスで魔法を教えつつ、王都来訪への準備を進めていると、あっという間に出立の日は来た。

「せんせー、おはようございまーす！」

「あれ、みんなもう揃っているのか。俺、時間間違えたか？」

夜が明けていない暗闇の中、集合場所に到着すると、すでに全員が集まっていた。俺は時間を間違えたのでは、と慌てて懐中時計を開く。

「狂ってはない、よな？　みんなおはよう。随分と早いな」

時計は狂ってないようだ。というよりミーナが朝もはよから朝食を用意してくれて、食べて十分違いで出たのだから間違ってるわけがない。ということはみんなが集合時間より三十分も早く集まったというだけだ。

「センセイ、おはよ」

「あぁ、アマネおはよう。……って、お前は王都に行くんでもその格好なんだな」

「当たり前。そんなことでほいほい変えるような薄っぺらいアイデンティティじゃない」

アマネの左手からコートの袖の奥まで包帯が巻かれており、右目には眼帯がついている。

「さよか……。にしても眠そうだな？」

「……ミコの家に泊まったのが失敗だった。二時間前に起こされた」

いつもの平坦な口調はいつもより平坦であり、その原因を作ったミコを指さして恨みがましい声を出す。

「えへへ、遅刻されちゃ困りますから」

だが、恨み節をぶつけられたミコは全然悪びれていなかった。ミコに王都来訪し、エメリアに会いにいくと告げた時のことを思い出す。普段の五百倍くらいのテンションで転げまわっていた。召喚魔法に熱心なミコは召喚魔法に関する本や論文をいくつも読んでおり、エメリアの名前を知っていたのだ。せんせー、ありがとうございますと抱き着いてきた時には、その場にいたミーナ、アマネ、レオからの冷たい視線がとても痛かったのは言うまでもない。

「フフ、ジェイド先生おはようございます。先生のクラスの子たちは元気があっていいですね」

「フェイロ先生……おはようございます。ええ、若さというのは眩しいですね」

「なんだよ、せんせー、朝からジジくさいこと言ってんなー」

「レオ君？　まずはおはようございますでしょ？　それと言葉遣いには気をつけましょうね？」

「……ぐ、おはようございます」

「あぁ、レオおはよう」

早速レオはミーナに怒られていた。懲りない奴である。そしてそんなミーナに対し、フェイロ先生は感心して頷き、エレナは冷めた目でレオを見ていた。

「エレナもおはよう」

「先生、おはようございます」

結局、今回の旅で一緒となるミコとアマネにはレオやエレナの件を説明してある。フェイロ先生と話し合ってのことだ。

「さて、じゃあ出発しようか、と言いたいところだが、日の出は待たないとな……」

今回は定期巡行の馬車ではなく、ベント伯が個人依頼で頼んでくれた馬車だ。出発の時間なども ある程度融通が利くが、そうは言っても暗闇の中を走らせるわけにもいかない。日の出が出るまではもう暫く時間がある。ということは——。

「自己紹介タイムだな。エレナとミコ、アマネは初対面だろう。折角の縁だ。仲良くしようじゃないか。じゃあミコ、エレナ、アマネの順でいこう——」

「はい」

と、提案したところでアマネの右手が小さく上がった。

「なんだアマネ？」

「なんで私が最後？」

「……他意はない」

「そ」

嘘だ。他意はあった。その強烈なキャラクターにエレナが引いてしまい、自己紹介が進まない可能性を考慮してのことだ。だが、そんなこと堂々と言えるわけがない。幸いにもアマネはそれ以上追及することなく引き下がってくれた。

「じゃあ、ミコからですね！　ミコです！　召喚魔法師になるのが夢です！　召喚魔法学の第一人者であるエメリア様に会えると思うと興奮して昨日から眠れませんでした！　すごくすごく楽しみです！　よろしくお願いします！」

誰もいない馬車乗り場にミコの声は良く通った。俺はミコに対し、まともな調子で挨拶をしてくれるだろうと期待していたのだが、日が悪かったようだ。その異様なテンションでの自己紹介にエレナが引いてしまっている。

「……ありがとう、ミコ。よ、よーし、次はエレナだ！」

エレナは大人びているところがあり、空気を察する力も十分だ。俺は目配せで、ミコは良い子だから引かないでくれと伝えた後、エレナの自己紹介に移る。

「……騎士科特進クラスのエレナです。使う武器は大剣。好きなものは剣の修行。嫌いなものは弱いのに吠えるチビ。よろしくお願いします」

俺の目配せに対し、了解という風に目を一度瞑った後、自己紹介を始めるエレナ。だが、いくら大人びているとは言え十三歳の少女だ。子供っぽい部分も大いにある。それがこの――。

「おいっ、てめぇ、それはもごもご――」

レオへの突っかかりだ。

「おぉー、エレナ、ありがとう！　うんうん、エレナは礼儀正しくて、剣の修行が大好きな女の子だぞー。魔法の訓練に対しても真面目に取り組んでいる。みんなと気が合いそうだなー。よーし、最後はアマネだ！」

俺は今にも飛び掛からん勢いで文句を言い始めようとしたレオを後ろから押さえ、口を塞ぐ。そんな事態を引き起こそうとしたエレナはすまし顔で平然としている。朝っぱらから喧嘩して、気絶したレオを担いでスタートなんていう最悪の事態だけは避けたい。強引にアマネの自己紹介へと移す。

「フウカ」

「は？」

アマネはまるで自分の名前かのようにそう言った。

「例えば私がフウカと名乗ったら私がフウカじゃないと誰が証明できる？　アマネである証拠は？」

「おい、アマネ今度は何事だ？」

「センセイは今、私がアマネではなく、フウカだという疑いを持ったでしょ？　つまり――」

「いや、持たないが。そこまで耄碌してないぞ？」

「…………つまり、こんな簡単にも存在はあやふやになってしまう」

どうやらアマネとしては疑いを持ってほしかったようだ。言ってることは分からんでもないが、いくらなんでも無理がある。

「先生、この人は何が言いたいんですか？」

「……それはこちらのフウカさんに聞いてくれ」

エレナは呆れた様子で俺にそう尋ねてくるが、アマネの真意など分かる筈もない。

「なるほど……。つまり、アマネちゃんはこう言いたいんだよねっ！　可能性は無限大っ！」

「違う」

「……違った」

「いや、ミコ落ち込むな。先生は間違ってないと思うぞ」

「ねぇ、先生、この自己紹介必要ですか？」

「まぁ、待てエレナ。このアマネって子は最初ちょっぴり敬遠したくなるけど、噛めば噛むほど味が出てくるというか、基本的にはすごく良い子なんだぞ？」

「照れる。で、続き話していい？」

と、自己紹介がある意味予想通り混沌を極めてきたところで、ミーナが小さく柏手《かしわで》を二回鳴らす。

「はいはい。一旦みんな落ち着きましょう。ジェイド先生？　レオ君が苦しそうですよ？」

「むーーー、むーーー」

「おっと、レオすまん。アッハッハ、忘れてた」

「殺す気かよ!!　……はぁ、はぁ。クラクラする」

両膝に手を置き、ゆっくりと深く呼吸に専念するレオ。そんなレオを少し離れた位置から見下ろしていたエレナはボソリと――。

「軟弱」

そう呟いた。その独り言はシンと冷えた朝の温度を少し下げたし、逆にそれで熱くなってしまった者もいる。

「んだとっ！　このまな板――」

「レーオー君？　怒りますよ？」

今にも触れそうな距離まで近づくレオとエレナの間に割って入ったのはミーナだ。

「……ぐっ、こいつだって言いたいこと言ってるんじゃねぇかよ!!　なんで俺ばっかり!!」

レオの言い分も分からないでもない。レオばかりが悪いわけじゃない。それはミーナも感じているのだろう。くるりとエレナの方へ向き直り――。

「そうね。確かにエレナちゃんも意地悪なことを言いすぎね。はい、手を出して」

注意をした。だがそれに対しエレナはどんな罰からも逃げないというような気丈な振舞い――むしろ挑戦的とも言える態度でまっすぐ右腕を突き出したのだ。ミーナは一体その右腕をどうするつもりなのだろうか……。

「はい、じゃあレオ君とエレナちゃんは馬車が来るまでこのままね？」

俺の頭の中にいくつかあった予想は全て裏切られた。ミーナはあろうことか、エレナの右手とレオの左手を繋げてしまったのだ。二人は反射的に振り払おうとしたのだろう。腕がブンッと振り上がる。だが、ミーナが二人の手首を押さえ込んでいるため振りほどけない。

「「…………」」

レオとエレナはお互いゴミを見るかのような目で視線を交わし、ミーナを睨みつけた。

「なーに？」

だが、ミーナも一切引く気はないみたいだ。ニコニコと笑顔で凄んでいる。

「ミーナ先生にそんな権限はないと思うんですけど？」

「手が腐っちゃいまーす」

それでもエレナとレオはまだ反抗する気力があるようだ。いや、すごい。俺だったらすごすごとミーナの言う通りにしてしまうだろう。そして、そんな二人にミーナは優しい笑みを浮かべ――。

「ある有名な学者さんの実験です。お互い苦手だと思っている男女のペアを集めて、手を繋がせました。結果はペアの多くが心が通じ合い、お互いに好意が芽生えてくるというものでした。そしてそれは接触時間に比例した。あとは分かりますね？」

これ以上騒ぐなら、そのままずっと手を繋がせておくぞと脅したのである。この時、俺は完全に蚊帳の外であるし、むしろこのやり取りに巻き込まれたくないので、できるだけ気配を殺して遠巻きに眺めるだけだ。そんなところにフェイロ先生が近づいてくる。

「ミーナ先生はお若いのにしっかりとしていますね」

「えぇ。本当に……。なんというか先生って感じがします」

「なるほど、確かに。ミーナ先生はとても『先生』らしい。それにきっと良い『奥さん』にも『母親』にもなりそうですね」

フェイロ先生は小さな声でそんなことを言う。現に俺の面倒を見てくれているときは世間で言うところの奥さんみたいな振る舞いであろう。いや、違うか？　むしろ母親なのか？

「フフ、どうしたんですか、おかしな顔をして」

「……いえ、なんでもありません」

どうやらフェイロ先生にからかわれていたみたいだ。

「……私の自己紹介」

「あっ……。すまん、すまんっ!!」

取り残され、自己紹介を最後まで続けられなかったアマネが珍しく不機嫌になってしまった。そんなアマネを宥《なだ》めながら、俺たちは馬車が来るまで騒いでいたのであった。

「で、乗ったらこうなるのか……」

馬車は一般的な対面二列の馬車だ。こちら側は教師三人で俺の左にミーナ、右にフェイロ先生。対面では、エレナ、レオ、ミコ、アマネという並びで座っている。いや、少し表現に誤りがあるな。対面はその並びで寝ていた。

「フフ、寝ているとレオ君とエレナちゃんが仲良しの姉弟に見えて可愛いですね」

エレナとレオは隣に座らされることに文句を言っていたが、結局それに従うことになり、いざ馬車に揺られると手こそ繋いではいないが、お互いによりかかり眠りこけていた。

「いやいや、ミーナ先生。起きていても仲の良い姉弟ですよ。レオには申し訳ないですが、実際に弟ができたらこんな感じでしょうね」

フェイロ先生はそう言うが、先日見た罵り合いからのボディーブローで気絶させるのが仲の良い姉弟と言えるかは甚だ疑問が残る。

「まぁ、喧嘩するほど仲が良いとも言うか……。それに、まだ先は長いから馬車で騒がれるより寝てくれた方が――」

「コホン。ジェイド先生？　これは学院活動の一環ですから教師としての立場をお忘れなく」

王都に着くのは昼過ぎになるだろう。その間中騒がれてはたまったものじゃないと、つい本音を漏らしてしまったらミーナに怒られた。確かに少し気が緩んでいたのだろう。

「まぁまぁ、ミーナ先生。ジェイド先生の言葉じゃありませんが、まだ始まったばかりです。あまり気を張りすぎてしまうと、いざという時に集中できませんよ。多少は気を緩める時間も、ですよ」

「……確かに仰る通りですね。ジェイド先生すみません」

フォローをしてくれたのはフェイロ先生。これに対し、ミーナは随分と真面目に受け止めたらしく俺に謝罪までしてくる。

「いやいや、ミーナ先生が謝ることじゃないだろう。フェイロ先生の言ってるのはメリハリであって、俺のはただ単に気が緩んでしまっていた――あー、えと、まぁ、うん」

ミーナのフォローをしていたつもりが、ただ墓穴を掘っただけだった。現にミーナはジト目だし、フェイロ先生も苦笑している。

「まぁ、ジェイド先生は少し気を張るのを意識した方がいいかも知れませんね。逆にミーナ先生は少し肩の力を楽に。ハハ、二人を足して二で割れば丁度良さそうですけども。そうだ、お二人で手でも繋いでみるといいかも知れませんね」

そんなフェイロ先生の言葉に俺とミーナは顔を見合わせる。

「繋ぎませんからね？」

「いや、期待しているみたいな言い方はどうかと思うぞ」

「フフ、二人ともレオとエレナのことは言えませんね」

フェイロ先生に最後にそんなオチまでつけられて閉口してしまう。どうやらミーナも言い返す言葉が思い浮かばないようだ。それからはなんとなく三人とも静かに過ごすのであった。

☆

「着きましたよー」

御者がそう伝えてくる。どうやら王都の入場門に着いたようだ。ここまでずっと眠りこけていた生徒四人を起こす。

「おーい、お前ら起きろー」

教師三人で手分けしながら、生徒たちの肩をトントンと軽く肩を叩き、起こす。四人は寝ぼけながらなんとか目を開ける。だが覚醒していないのだろう。すぐに目を閉じようとする。

「仕方ないですね。ミーナ先生とジェイド先生はアマネちゃんとミコちゃんを連れて出てくれますか？　ウチはウチのやり方で起こします」

爽やかな笑顔でそう言うフェイロ先生だが、ウチのやり方とやらに寒気がしたのは言うまでもない。しかし、それは俺の杞憂であって何か優しく起こす特別な方法があるのかも知れない。なんと言っても親子で師弟なのだ。そう自分に言い聞かせ、俺はアマネを担いで外へ出る。ミーナも不安げな目でチラチラとフェイロ先生を見ながらもその言葉に従い、ミコをよろよろと歩かせながら外へ出る。

そして日に当たりながらミコとアマネを覚醒させようとしていると馬車の中からは――。

「「いだっっっ!!」」

二人のそんな声が聞こえてきた。何事かとミーナと顔を見合わせる。すると馬車からは――。

「おはようございます……」

「おはようございまーす……」

体の節々をさすりながらレオとエレナが降りてきて、その後ろからフェイロ先生がいつもと変わらない笑顔で降りてくるのであった。そして――。

「ミコちゃんとアマネちゃんは起きましたか？」

「おい、アマネ、ミコ起きろっ!! 起きるんだっ!!」

フェイロ先生からは暗にミコとアマネも起こしましょうかととれる発言が聞かれる。どんな起こし方をしたのかは分からないが、決して穏やかなものではない。俺は命の危機が迫っているかのような勢いで二人を揺り起こした。

「ううぅー、センセイきぼちわるい」

「ミコも……」

だが、二人の頭部に与えてはいけないダメージを与えてしまったようだ。覚醒はしたもののグロッキーになってしまう。

「あ、すまん」

「もう、ジェイド先生何してるんですか！」

「すみません……」

軽い調子で謝ったらミーナから強めに怒られた。本当に教師としての面目など皆無であった。

「おい、お前ら。お笑いをやりたいなら入場手続きを終えてからにしてくれ」

どうやら門兵に見られていたらしい。いや、それは入場門の真ん前でこれだけ騒いでいたら当然注目されるだろう。

「すみません。えと、許可証、許可証……」

「あぁ、ジェイド先生いいですよ。はい、通行許可証です。騎士団の者と待ち合わせしているのですが、通っても？」

「ん？　あぁ、ちょっと待ってくれ。確認し――ど、どうぞっ!!」

「えぇ、ありがとうございます。さぁ、入りましょうか」

どうやらフェイロ先生も王都入場許可証を持っていたらしい。それを渡し、目を通すと門兵の目の色が変わった。俺の許可証は特に驚くようなものではなかったのだが、何か違うのだろうか。見比べたい気もするが、ちょっと見せてくれと言うのも違う気がする。それに今は気になる言葉があった。

「フェイロ先生ありがとうございます。騎士団の誰かと待ち合わせているんですか？」

「あぁ、言ってませんでしたっけ？　入場門を通ったところで待ち合わせしているんですけど、時間にはキチンとしている方なので、もう――あ、いました、いました」

どうやら既にその騎士団の人は来ているらしい。俺は魔法師からも疎まれていたが、当然騎士団からも疎まれている。少しだけ億劫な気持ちが湧いてくる。できれば俺のことを知らない騎士団の人がいいが――。

そんなことを思いながら、フェイロ先生が手を振る相手を確認した。

「なっ――」

「やぁ団長殿。お忙しい中、手間を掛けさせて申し訳ない」

「……フェイロ隊長。団長殿はやめて下さい。それと、聞いていないのですが？」

　フェイロ先生の話す相手はキッと俺を睨んだ後、冷たい声でそう追及していた。誰が来るか俺が聞かされていなかったように、どうやら彼もまた俺が来ることを聞かされていなかったようだ。

「ん？　言っていませんでした？　あと私はもう隊長じゃありませんよ」

　そんな追及をサラリと躱し、不敵な笑みで笑うフェイロ先生。どうやら確信犯のようだ。そしてそんなフェイロ先生と話す相手――蒼い髪で涼し気な目をした中性的な美青年。腰に二振りの剣を携えたウィンダム王国の英雄。王国騎士団団長、三傑『蒼の双氷』アゼル、その人だ。

　だがその登場に一番驚いたのは俺でもアゼルでもない。

「ア、ア、ア、アゼル様ァ!?」

　アゼルに強い憧れを持つレオであった。そしてまるで魔獣にでも遭ったかのように素早く俺の後ろに隠れてしまう。

「……どうしたレオ。憧れのアゼル様だぞ？」

「……無理」

　どうやら憧れが行き過ぎるとこうなるらしい。そんなレオを見て、俺とフェイロ先生は苦笑する。

「フェイロ先生はどうにもイタズラ好きのようですね。説明して下さい」

　レオではないが、俺も相当に驚いたため、フェイロ先生に説明を求める。

「最近は物騒にもなってきた王都を歩くのにか弱い私だけじゃ心許ない。というわけで護衛として騎

士団の人を貸してくれないかと言ったんですよ。そしたら偶然新人騎士だった頃面倒を見ていた元部下が空いてるということで、今や騎士団団長のアゼル様です」

フェイロ先生は事前に用意してあったであろう建前をスラスラと並べる。確かに辻褄は合っている。

「どうも。偶然予定が空くことになったアゼルです」

だがそんなものが建前であることはアゼルも分かっているようで、悪びれもなくそう説明したフェイロ先生をジト目で睨みながら嫌味ったらしい挨拶をする。どうやら、偶然予定が空いたのではなく、無理やり予定を変更させられたのだろう。

「それにしても、フェイロ先生は元王国騎士団だったんですね……」

「えぇ。まぁやむにやまない理由があって早期退職となったんですけどもね、フフ」

「アゼル様、お久しぶりです」

そんな子供っぽいやりとりをしている大人たちの脇を通って、エレナがアゼルの前で綺麗なお辞儀をする。

「やぁ、エレナちゃん久しぶりだね。少し見ない間に大人っぽくなったし、剣の腕も上がったようだ」

アゼルは先程までと違い、爽やかな笑顔でエレナの応対をしている。

「ありがとうございます。また組手をしてもらえますか？」

「あぁ、もちろんだとも」

どうやらエレナはアゼルと顔見知りのようだ。そんな二人のやり取りをレオがうらやましそうに見ている。というか口からずりー、ずりー、と呪詛のような呟きが漏れている。

「あの、フェイロ先生、私たちの紹介もお願いしてもよろしいでしょうか？」

顔見知りだけで盛り上がっているところをミーナが冷静に話を進める。

「あぁ、すみません。そうですね。騎士団長殿、こちらがエルム学院魔法科担任のジェイド先生。そしてその副担任であるミーナ先生。生徒であるミコさんとアマネさん」

俺たちがフェイロ先生にそう紹介され、それぞれが挨拶を口にする。だが、最後の一人レオの紹介がまだだ。不安そうな目で俺とフェイロ先生の間で目線を泳がせている。

「師匠……、俺、俺」

そして、レオがか細い声でフェイロ先生にその存在をアピールする。そこでようやくフェイロ先生は気付いたようなフリをして――。

「あぁー、そうでした。実は騎士団長殿。私もついにエレナ以外にも弟子を取ることにしましてね。二番弟子のレオです。レオ、出てきて挨拶をしなさい」

レオの紹介をする。呼ばれたレオは隠れた時と同様に素早く、フェイロ先生の近くまで駆けていき――。

「レ、レオです！　あの、アゼル様に村を救っていただいて、それから憧れて！　魔法と剣を修行しています！　あの、会えて光栄です！　命を助けて下さってありがとうございます！」

レオは顔を真っ赤にし、震えながらそう言った。

「……村、命を救った。……七年前のカロス村のことだろうか？」

アゼルがそう尋ねる。レオはコクリと頷いた。

「そうか。いや、こちらこそ礼を言おう。あの時、よく生き残ってくれた。一人でも多くの命を救えて、救われたのは我々の方だ。レオ君、生きていてくれてありがとう」

レオの目を見て、アゼルが礼を言うと、レオの目からは涙が溢れた。この時ばかりはエレナも他の者も茶化すことはなかった。


それから暫くして、レオが落ち着くと――。

「では、騎士団長殿、護衛よろしくお願いします。ジェイド先生、夕方に宿で合流しましょう」

予定通り、フェイロ先生たちと別行動となるのだが――。

「はい。了解しました。にしても私たちにも護衛とは言わずとも見張りの一人でも付くと思ったんですが、案外自由に過ごせるんですね」

王都追放になっている俺は言ってみれば罪人扱いだ。それが許可証を貰ったからと言って自由に過ごせるとは思っていなかったため、少し驚く。そう、アゼルは俺たちではなくフェイロ先生たちに同行するのだ。

「あぁ、そうそう。ジェイド先生とやら?」

「はい、なんでしょうか。騎士団長のアゼル様？」

「許可証はあるとは言え、君の行動には監視がつく」

「……と、仰られますと？」

お互い、白々しい演技で会話を続ける。どうやらそれはぬか喜びで、アゼルとは別の者が監視につくようだ。本音を言えば気心が知れているアゼルが良かったのだが、一体誰だろうか。

「あぁ、実はボクのところには監視対象の詳細が伝わっていなかった」

確かに俺を見た時、アゼルにしては珍しく呆けた表情であった。演技でないとすれば、聞いていなかったということだろう。だが、その話が今、何の関係が――。

「……そのため何の迷いもなく、今回の監視を熱望した者に任せてしまった。どうやら察するに、その者は今回の監視対象を知っていたようだ。何、安心すると良い。騎士としての能力は保証しよう」

俺のことを知っている？　熱望？　この言い方は……おい、冗談だよな？　まさか、そんなわけないよな？

俺は嫌な予感をヒシヒシと感じ、顔が蒼ざめていくのが分かる。そんな俺をミーナが心配そうに見つめてくる。

「どうしたんですか？　ジェイド先生、顔色が優れないようですけども？」

「マズイ……。それだけは嫌だ」

「？」

勘違いであって欲しいが、この流れはそういうことだろう。王都追放されるとき、アゼルに何も言わずに出てきてしまったから、これはアゼルなりの仕返しのようだ。

「では、アリシアを呼んでこよう」

悪い予感は当たってしまった。アゼルはそう言い残すと、近くの騎士団の詰め所へと歩いていった。

「……逃げてもいいかな？」

「ダメに決まってますけど、誰なんですか？　そのアリシアって人は」

「分かった。センセイの元カノ」

「キャー、せんせーの元カノさん会いたいですっ！」

女性の名前が出たことにより、ミーナからは犯罪者を見るような目で、アマネとミコからは好奇心いっぱいの目で見られる。だが、そんな冗談にも笑うことはできない。そう彼女こそは――。

「あら、久しぶりね。よくおめおめと王都に戻って来れたわね？　相変わらずあなたの周りだけ辛気臭い空気ね。というわけで私が来たからには楽しく王都をお散歩なんていうわけにはいかないから」

「……お久しぶりです。アリシア様」

ハーミット公爵家の令嬢であり、アゼル＝ハーミットの実の妹であり、昔から俺のことが気に入らないらしく、事あるごとにイヤミや文句を言ってくる蒼髪の美女――その人である。

「それじゃアリシアよろしく頼んだよ。それとあまりいじめないであげてくれ。では、ボクはこれで失礼する」

アゼルはアリシアに焼け石に水程度の忠告をし、フェイロ先生たちと共に去っていこうとする。残された俺たちはと言うと――。

「あの……、エルム学院魔法科の教師をしていますミーナです。この度はお忙しい中、申し訳ありません。監視を引き受けて下さり、ありがとうございます。本日はよろしくお願い致します」

「よろしく。でも、あなたは勘違いをしているわ。こいつの連れということは、あなたたちも等しく監視対象。自由な発言権などないわ。次からは私の許可を得てから発言しなさい」

最悪の空気であった。ミーナが笑顔のまま固まっている。抑えてくれ、これでも本物の公爵令嬢なのだから俺やミーナなど指先一つでどうにでもなってしまうんだ。

「あー、アリシア、様？　こっちは俺の生徒のミコとアマネだ。今日一日よろしく――」

そしてアマネとミコもどうしていいか分からず、口を噤んでいる。あまりにも居た堪れないため、俺がわざとらしく明るい声で生徒二人を紹介する。が、

「ねぇ、ジェイド聞いてた？　私は監視する側。あなたは監視される側。発言をする時は私の許可が必要と言ったばかりでしょ？　それともちょっと見ない間におバカさんになっちゃったのかしら？」

やはりというか、怒られる。どうやら本当にいちいち許可をもらってからじゃないと発言してはいけないらしい。仕方ないので俺は手を上げる。

「なに」

「謝罪の言葉を発言する許可を頂きたく……」

「いいでしょう」

「ありがとうございます。許可を頂かず発言して申し訳ありませんでした」

「一度目は許します。二度目からは減点対象として記録します」

そして俺はもう一度手を挙げる。

「なに」

「感謝の言葉を発言する許可を頂きたく……」

「ん」

「ありがとうございます」

「ん」

なんだこれ。こんな面倒くさいやり取りを毎回するって言うのか？　気が狂ってしまいそうだ。俺はそっと天を仰ぎ、ため息の代わりにゆっくりと深呼吸をするのであった。そして様子を窺っていた兄の方をジト目で睨む。

「はぁ……。アリシア、ボクはさっき言ったね？　あまりいじめてやるな、と。監視対象の発言は自由とする」

「お兄様っ！」

「団長としての指示だ」

そしてそう言い終わると、アゼルは一瞬だけこちらに目配せをする。してやれるのはここまで、だと。俺はそれに一度だけ瞬きで応え、礼を伝えるのであった。そして今度こそアゼルとフェイロ先生たちは去っていった。

☆

せんせーたちと別れて、師匠とアゼル様を先頭に大通りをまっすぐ歩いていく。王都は初めてだからどこへ向かっているのかは分からない。故郷のカロス村ともエルムとも違う雰囲気、それにアゼル様と一緒に歩いているという事実にすごくワクワクする。

「師匠？　どこに向かってるんですか？」

「ん？　あぁ、レオには言ってなかったね。王城だよ。行ったことは？」

ここで俺は初めて目的地が王城だということを知った。行ったこと？　当然ない。師匠に対し、首を横に振った。

「王城に入ってもキョロキョロして、はぁーとかほぉーとかアホみたいな面で田舎者感丸出しにするのやめてよね。こっちまで恥ずかしいんだから」

そんな俺にエレナが口を出してくる。

「……ッチ。そんなことしねーよ」

多分エレナに言われなかったら、その通りキョロキョロしてしまっただろう。それが当てられただけに余計ムカつく。

「なるほど、レオ君とエレナちゃんは仲良くやれているわけですね」

「「仲良くなんかないです」」

アゼル様の言葉に対し、エレナと同時に返事をしてしまった。それもまったく同じセリフで。つい恥ずかしくなりエレナの方を睨む。向こうも恥ずかしがってるかと思ったが、いつものすまし顔だ。こいつといるといつもこうだ。俺だけ振り回されてバカみたいに思えてくる。

（バーカ）

そして睨んでいたエレナがこちらへ振り向き、またも見透かしたように声には出さず、口だけでバカと言ってきた。だけどアゼル様の前でみっともなく取り乱して喧嘩をするのだけはダメだ。俺はグッとこらえ、そっぽを向く。絶対にエレナより強くなってやると胸に誓って。

「フフ、騎士団長殿、いいでしょう？　子供は人生を豊かにしてくれますよ。まだお独りで？」

「はぁ……。隊長まで勘弁して下さい。結婚の話は飽き飽きですよ」

「これは失敬」

師匠は随分楽しそうにアゼル様と喋っている。よほど騎士団時代に仲が良かったのだろう。俺も騎士団に入って、アゼル様の下に付けたら少しは仲良くなれるだろうか。

「そう言えばアリシア様は随分ジェイド先生がお気に入りなんですね」

「困ったものですよ。誰に似たのか不器用で……」

そうだ。アゼル様には妹がいると聞いたことがある。お兄様と呼んでいたってことはアリシア様が妹ってことだろう。で、そのアリシア様はせんせーのことを知っていた。せんせーとアゼル様は知り合い？　そう言えばなんだか雰囲気が仲良しというか――。

「……ジェイド先生とボクはね、実は同級生で顔見知りなんだよ」

「え!?　そう、なんですね……」

そんなことを考えていたらアゼル様がそう教えてくれた。せんせーも顔見知りならそう教えてくれてもいいのに。

「レオ、ジェイド先生はわざと秘密にしていたわけではないだろう。教師になったばかりで生徒との距離を測りかねているだけさ。それに元来の性格があまり器用ではないようだしね」

少しショックだったが、確かに師匠の言う通り、せんせーは器用な感じじゃない。それに悪い人じゃないのは分かる。だから、まぁ別に怒ってはない。

「まったくですね。もう少し器用に立ち回ることができれば――と、子供たちの前で愚痴るのは良くないですね。つい隊長の前だと若造の時分に戻ったようで――」

「おや、騎士団長殿、他人のせいにするのは良くないですよ？　それに私からすればまだまだお若く見えますが？」

アゼル様も師匠もほかの大人と比べれば若く見えると言いたいけども、そんなことを言うのは失礼じゃないかと思い、口を閉ざしてしまう。そんなとき隣を歩くエレナが口を開いた。

「実は私はアリシア様から先生の話を聞いていたんです」

「へぇー。そうだったんだ。アリシアがジェイドのことを話すなんて珍しいね。本人の前ではああやって悪態をつくけど、決して他人にジェイドのことは話そうとしない子だから」

エレナまで自然にアゼル様と喋ってる。俺だけ仲間外れみたいだ。悔しい。にしてもアリシア様はせんせーのことを嫌ってるのに、他の人には言わないってすごく真面目な人なんだろうな。本人を目の前に悪口は言うけど、陰口は言わない、みたいな。

「なるほど。だからジェイド先生に魔法を教わりたいなんてことを言ったのか。エレナは人見知りで一度、二度会っただけの人間――特に大人は信用しないのになんでジェイド先生だけはと思ったんだが、やっと謎が解けたよ」

「え、エレナちゃんはジェイドに魔法を習ってるの？」

「はい。アリシア様とは仲良しですからあの方がそう言うなら、そういう人だろうと」

ん？　どういうことだ。アリシア様はせんせーのことが嫌い。それで他の人には悪口を言わないけどエレナには仲良しだから悪口を言った。それを聞いてエレナがせんせーのことを信用した？　いやわけがわからん。

頭を捻りながら考えたけども、今の会話から信用することになった流れについてはちっとも分からなかった。

「うんうん。独学では限界があるからね。良い師に恵まれるというのは大きな才能の一つだね。エレナちゃんは隊長に剣を、ジェイドに魔法を教わってるのだから、ウィンダム王国一恵まれた才能かも知れないね。そう言う意味ではレオ君もだね」

名前を呼ばれてビクリとする。アゼル様に王国一恵まれてると言われた。でも正直に言えば師匠もせんせーもすごく良い人だけど、普段はのらりくらりしていて……。立ち合いをしたときはちょっとカッコよかったけど、なんだか夢か幻のようで。

「おや、レオ君は実感がないようだね。まぁ隊長もジェイドも普段はこんなんだからね」

「騎士団長殿は私より偉くなったら生意気を言うようになりましたね。それにレオ？　師を疑ってる内は強くなんかなれませんよ」

「す、すみませんっ！」

見透かされて恥ずかしくなる。弟子の分際で師匠の実力を疑ったり、推し量ったりするなんて失礼極まりない。それに王国騎士団の部隊長をやっていたのだから弱いわけが――。

「あれ？　そう言えば師匠は元王国騎士団なんですよね？　もしかしてカロスの時も？」

と、ふとそう思ったので聞いてみる。師匠はアゼル様と顔を見合わせると少しだけ困ったような顔をして――。

「いや、もうその時には騎士団を去っていたよ。エレナが生まれてすぐにエルムに移ったからね」

そう言ってエレナの頭を撫でた。少しだけエレナが恥ずかしそうだ。そんな会話をしながら歩いていれば遠くに見えてたお城がすぐ目の前まで迫っていた。

「さて、着いたよ。ここが王城だ。久しぶり――でもないか。よし、エレナ、レオ行こう」

フェイロ先生が先導して城門をくぐろうとする。だが城門を守る兵士がその手に持つ槍で行く手を阻んだ。

「入城許可証を拝見いたします」

「おや、元隊長として顔パスというわけにはいかないんですね。ちょっとカッコつけて先頭を歩いてみましたがこれは失敗。団長殿ー」

師匠は全然失敗した風でもない態度で頭を掻いてそんなことを言う。まるでイタズラをしている子供のようだ。そして呼ばれたアゼル様もなんだか呆れた顔で、

「……私の連れだ」

「団長の!?　た、大変失礼いたしました！　どうぞお通り下さい！」

「いや、務めご苦労。不審だと思った者には今みたいに毅然とした態度で応対してくれ」

師匠への遠回しなイヤミを言っている。こうして俺は生まれて初めての王都で生まれて初めての王

城へと入ったのだ。

☆

アゼルとフェイロ先生たちを見送ってから城下街に入ったものの、さて、どうしたものかと立ち尽くす。アリシアが監視するという事態はまったくの予想外だったため、次の予定を気軽に話し合える雰囲気ではなくなってしまった。そんな時――。

ぐー。ミコのお腹が鳴った。くー。アマネのお腹も鳴った。

「……アリシア様、昼食を食べてもいいですか？」

俺だってそこそこ腹は減っている。ミーナも平気な顔をしているが、馬車で何も食べていなかったのだから腹は減っているだろう。これは今しかないと、俺はアリシアに昼食の提案をした。

「…………まぁ、いいでしょう」

彼女の中で何かしらの葛藤があったのだろう。表情がくるくる変わり、最後は苦々しい表情でその提案を飲んでくれた。監視対象にだって食事をとる権利くらいはあるということだ。

「せんせー、すみません、ありがとうございます」

「満腹値０％。ここからはＨＰが一ドットずつ減っていって倒れるところだった……」

そしてそれに安堵したのはミコとアマネだ。アリシアに対して警戒しているため、お腹が空いてると言い出せなかったのだろう。むしろお腹が鳴るまで我慢させてしまったことに申し訳なさを感じる。

「……監視しやすい店を知っています。ついていらっしゃい」

そんな二人を見て、アリシアは申し訳なさそうな表情を一瞬見せる。だがすぐに憮然とした態度に戻り、強めの口調でそう命令をしてくる。監視しやすい店という店が一体どんな店かは知らないが、ここは従うしかないだろう。まぁとにかく人が食べられる食事が出てくるのであればそれで問題はない。

俺たちはアリシアに付き従い、王都を歩いた。


「ここです」

「ここは……」

でで－んという効果音が聞こえてきそうな立派な店構えのレストランだ。ここは、上級貴族御用達の老舗レストランであろう。俺は茫然とした。ミコとアマネも茫然とした。ミーナは流石である。一瞬気が遠くなっていたようだが、すぐに自身のサイフの中身を確認しはじめたのだ。そして――。

「……ジェイド先生、いくら持ってます？」

「……これだけだ」

自身の持ち金だけでは不安だったのだろう。小声で俺に確認してくる。すぐさま俺は財布の中身をミーナに見せた。だが今回の旅では、あまり大金を持っているとトラブルを招くと思って、困らない程度のお金しか持ってきていない。この店ははっきり言えばトラブルレベルの事態であり、困る程度にはお金が掛かるだろう。

「何をコソコソしているのかしら？　早く入るわよ」

「待て。いや、待って下さい。あの、アリシア様？　俺たちは監視対象ですよね？」

「？　何を当たり前なことを言ってるのかしら？　その通りよ」

「じゃあ、その支払いは……？」

「あなた、まさか国税で食事でもするつもり？　それともなに、私にあなたたちの分を出せとでも？」

「いえ、滅相もございません。ですが、あの、非常に申し上げにくいのですが、エルム学院の教師というのは薄給でして……」

「知らないわよ。早く入って。怒るわよ？」

「……はい」

アリシアとの交渉は失敗に終わった。俺はこの店で昼食をとると覚悟を決める。アリシアを怒らせるのは得策ではないのだから仕方がない。だが——。

「ジェイド先生頼りないですね？　フフ、まぁジェイド先生が決めたことですからね。さ、ミコちゃん、アマネちゃん、お腹いっぱい食べましょうね」

「せんせー、ごめんなさい。ミコお腹空いちゃってます」

「センセイ、ありがとう。今日の私の胃袋は宇宙」

代わりにミーナを怒らせるのも得策ではないと改めて思い知るのであった。

☆

俺たちは王城に入り、アゼル様の案内のもと、とある小さな部屋に通された。

「ほぇ～」

「ちょっと、間抜けな顔やめて」

「ハッ!?」

そしてその部屋を見まわしていると、エレナの声で現実に引き戻された。

どうやらここは城の中にいくつかある食堂の一つのようだ。絵でしか見たことないような長いテーブル。今からここに座って食事をするらしい。メイドさん——ではなく、すごく姿勢のいい綺麗なおばあさんがカラカラとカートに料理を載せて次々に運んでくる。こんな状況に置かれたら庶民なら誰だって間抜け面になってしまうだろ。

「フフ、レオは初めての王城なんだ。少しくらい多めに見てあげなさい」

「……はーい」

師匠に怒られたエレナは王城だって言うのに普段と変わらない雑な返事をしている。それと言うのもこの部屋にいるのは五人だけ。俺、師匠、エレナ、アゼル様だ。あとは料理を運んでくる綺麗なおばあさん。

「どうぞ、お座り下さい」

準備が終わったらしい。おばあさんが席に座れと言ってくる。俺は師匠の顔をちらりと見る。

「レオはここ」

「はい！」

どこに座ればいいか分からない俺に教えてくれた。アゼル様の正面だ。すごく緊張するけど、もしかしたらお喋りができるかも知れない。ガタリと急いで椅子を引いて座る。そして俺が座ると隣ではエレナが静かに椅子を引き、ゆっくりとした動作で腰掛ける。その時にチラリとこちらを見てきて目が合う。まるで宮廷作法とはこういうものよと言わんばかりだ。

「では、皆様、しばしご歓談を」

そして全員が席に着くとおばあさんは部屋を出ていった。

「……あと誰が来るのか知ってるか？」

「……知ってるけど教えない」

大きいテーブルには六個椅子が置かれており、コの字に置かれている。空いてる椅子は二つで、俺たち四人が座ったそれよりも豪華だ。誰か偉い人でも来るのかと聞いてみたがエレナは答えない。だがすぐに答えは分かった。ノックの後、さっきのおばあさんがやってきて、その後ろからは――。

「おぉ～、エレナ久しいのぅ。母親に似てますます美人になりよって」

「お久しぶりです、お爺様。壮健そうで何よりです」

「なんじゃ、なんじゃ、その他人行儀な挨拶は。わしらは家族じゃろ？　いつものようにおじいちゃんと――ん？」

厳格そうなおじいさんだ。どうやらこの二人が一緒に食事をするらしい。なんだかすごく貫禄があるけどエレナを見るなり、ニコニコのデレデレになった。カッコよく見えた白くて長い髭もなんだか可愛らしく見えてくる。どうやらエレナのおじいちゃんらしい。で、そのおじいさんが俺のことを見てくる。

「お義父さん、お久しぶりです。お元気そうで――」

「黙れ、痴れ者。わしはお前など知らん。それより、そこの小僧は何者だ」

「……陛下、僭越ながら私めが説明させていただきます。その者はレオと申しまして、フェイロ卿の内弟子です」

「なに？　内弟子、だと？　それはなんだ、エレナと一つ屋根の下で一緒に暮らし、ともに鍛錬場で汗を流しあいっこしているとでも言いたいのか？」

アゼル様の説明に対し、エレナのおじいちゃんは睨んで凄みながら気持ち悪いことを言ってきた。流し合いっこってなんだよ。おえー。って、待て。今、アゼル様はこのおじいさんのことを何て呼んだっけ？

「おじいちゃん、言い方がキモイ」

どうやらエレナも同じことを思ったらしい。一緒なのは癪だがこれはしょうがないだろう。いや、それより陛下って。陛下ってどんな顔だっけ、本物……？

「フンッ。おい、そこのレオとかいう小僧。よいか？　わしの名はベルクード＝ウィンダム。このウィンダム王国の国王じゃ。貴様がわしの可愛い可愛いエレナにちょっかいを出そうものならば、王国騎士団及び宮廷魔法師の総力を結集し、消し炭も残らんほどに燃やすでな？」

「えぇぇぇ!?　ほ、本物の国王様ァ!?」

本物だ。本物の国王様だった。

「あぁ、そうじゃ。わしが国王じゃ。この国で一番偉い。その一番偉い王が一番可愛いと断言している存在がこのエレナじゃ。分かったら、邪な考えなど抱かず、そこに座ってるどこぞの誰か知らんモヤシとチャンバラでもしておるんじゃ」

「は、はい」

頭が真っ白になってしまった俺は頷くだけだ。誰が国王様と喋るなんて予想できたんだよ。

「おじいちゃん、大丈夫。それだけは絶対にないから」

「おぉ〜、そうじゃなそうじゃな。エレナにはちゃーんと相応しいのを選んでやるからの。でも、まだ早い。うむ、全然早い。まだまだわしの可愛いエレナでいとくれ」

「おばあちゃん。おじいちゃんがキモいんだけど」

「フフ。おじいちゃんはね、あなたとコレットにたまーに会えるのだけが生きがいなのよ。私というものがいながら失礼しちゃうわよね」

「えぇー……」

料理の支度をしてくれていたのおばあさんはエレナのおばあちゃんであり、国王様の奥さんだった。

俺は王都に来てから何度目かの驚きに頭がショートしそうだった。

「そうじゃ、おい、そこのポンコツ。なんでコレットじゃなくこんな小僧を連れてきたんじゃ」

「アハハ……。これは家族旅行ではなく、一応学校の行事ですので」

師匠は苦笑しながらそう答えた。俺はなんとかショートしかけた頭でここまでの情報を整理しようと試みる。国王様とおばあさんが夫婦。で、その子供がコレットさん。つまり王女様？　その王女様と結婚したのが師匠で、エレナ、と。あれ？　でもおかしい。確か国王様は――。

「奥さんはずっと前に……、それに王子様しか――」

そう、王妃様は若い頃に亡くなっていて、子供は二人しかいない筈だ。第一王子と第二王子。じゃあ、このおばあさんは一体？　それにコレットさんは……？

「はぁ……。おい、ここに連れてくるのに何の説明もしとらんのか？」

「ええ、国の最重要機密ですから」

「……じゃあなんでそんな場に同席させておる」

「？　ここは事情を知るアゼルと、私たち家族の会談場所でしょう？　レオは内弟子。そういうことです」

「……ハァ、もういい。ローザ、食事にするとしよう。おい小僧、食事をしながらジジイのつまらん話を聞かせてやる。墓まで持ってけ。よいな？」

鋭い眼光に射すくめられる。慌てて首を何度も縦に振り、それを秘密にすることを誓った。そして食事が始まると――。

「……わしには妻がおった。セリーヌ。良き妻であり、良き王妃であった。セリーヌとの間には二人の子を成した。ロイドとエドガーじゃ。二人ともまっすぐ立派に成長し、わしとセリーヌ、そしてこの国は安泰だとそう思っていた。が、ある日――セリーヌが急逝した。わしの心は失意に呑まれた。じゃが、国王に嘆いている時間などない。外敵、そして内なる敵に隙を見せないようわしは毅然と振舞い、国政に全力を注した。それから十年ほどか。今度はわしが倒れた」

「え」

国王様が倒れたなど聞いたことがないし、教科書でもそんなことがあったなんて読んだことがない。

「フ。一年じゃ。一年もの間、わしは床に伏していた。表舞台は息子や宰相に任せ、わしは国外視察に行っているということにしてな。そして、わしの看病をしてくれていたのが、このローザじゃ。この婆さんは弱ってるわしの心につけこみ、わしを籠絡したのじゃ」

国王様はチラリとローザさんを見る。だがこれに対しローザさんは咳払いを一つすると、

「コホンッ。あぁ、ローザ。私はなんて弱いんだ。今までこんな自分が弱いだなんて知らなかった。この辛さ、苦しみを吐き出せるのは――」

どうやら国王様の恥ずかしいセリフを再現しているようだ。国王様の顔が引き攣ってるのが分かる。

「すまんかった。ローザわしが悪かった」

「おじいちゃんカッコ悪い」

「アハハハ」

「おい、そこの馬の骨は笑うでない」

どうやら国王様はローザさんに頭が上がらないみたいだ。でも、すごくお互い優しい雰囲気だから今でも好き合ってるんだろう。

「まぁ、そんなこんなでローザとの間にも子を成すのだが、付き人のメイドに手を出したなんて公にすればわしもローザもその子供――コレットにも嫌な目が向けられる。わしらはそれを内密にし、国王とその専従メイドとその子供、という関係でいた。小僧、そのときのわしの気持ちが分かるか？」

突然、そう尋ねられる。急いで頭をフル回転させ、答えを口にする。

「えと、申し訳ない、とかですか？」

「ぶぶー！　全然違わい。正解は娘超可愛い、じゃ」

「えぇー……」

ニタニタしながら娘超可愛いという国王様からは威厳とかそういうものが一切感じられなかった。

「コレットはまさに天使じゃった。もう王子たちは立派に成長しとったからの。わしは国政を半分任せ、コレットにかまけっきりじゃった。そして、コレットは五歳になっても、十歳になっても、二十歳になっても可愛かったんじゃ」

そんなことを力説しながら、うんうんと頷く国王様。ローザさんも師匠もアゼル様も苦笑いしてる。エレナにいたっては呆れて、そっぽを向いてしまっている。

「そして、あの悪夢の一日がやってきたのじゃ……。コレットがとある若者――いや、バカモノを連れてきたっ」

国王様はキッと師匠のことを睨みながら唾を飛ばす。

「コレットはわしの目の前で、わしたちが親子であるという秘密をそのバカモノに伝えた。そしてそのバカモノの妻になります、と。小僧、そのときのわしの気持ちが分かるか？」

またた。けど、これはある程度予想がつくから、大ハズレではないと思う。

「コレットさんを取られて悲しい、でしょうか？」

「ぶっぶー！　大ハズレじゃ！　正解は、このバカモノ殺す、じゃ。わしは腰に携えていた長剣を抜き、コレットにそこをどけと怒鳴った。思えばコレットに怒鳴ったのはそれが初めてじゃった」

なぜか国王様はうっとりしている。

「じゃが、コレットは動かなかった。斬るなら私ごと、いえ、私たちごと斬れとお腹を押さえながらそう言ったのじゃ。コレットのお腹にはすでにこのバカモノの子供がおった。まぁ王国一可愛いエレナが生まれてきてくれたのはそのバカモノ唯一の功労であろう」

「お褒めの言葉ありがとうございます」

散々に言われているけども師匠はいつもと同じ笑顔でお礼を言った。

「フンッ。そしてそのバカモノはわしからコレットを奪っていったんじゃ。それ以来わしはずっとそのバカモノを恨み、憎み、嫌っておる」

「……そうなんですね」

非難の言葉を吐く度に師匠を睨む国王様を見て、俺は少しだけ頬が引きつってしまう。

「ほんと、強情なのよ。早く謝って仲直りすればいいのにねぇ」

「うるさい。わしは死ぬまでそこのバカモノを許さないと決めている。とまぁ、これがわしら王家の秘密じゃ。くれぐれも言っておくが、エレナはプリンセスじゃからな？　イモ道場の弟子とプリンセスでは釣り合わないのはよう分かっておくんじゃぞ」

何度目かになる忠告にすぐに頷く。最初からエレナなんかに興味ないし、別にお姫様って言われたって可愛く見えるわけでもない。それにしてもプリンセスって。エレナが？　むしろ笑えてくる。

「何よ、気持ち悪い顔して」

「べっつにー。何でもありません、姫様」

居心地悪そうなエレナに対して俺はニヤニヤとわざとらしく姫様と呼んでみる。

「おじいちゃん、私こいつに着替え覗かれた」

「「なっ!?」」

だがその嫌がらせの代償はデカかった。エレナは一瞬ムッとして、俺を指さしながらそんなことをチクったのだ。

「おい、小僧それは事実か!!」

「おい、エレナ！　あれは事故ってことになったじゃねぇか!!　しこたま殴っただろ!!」

「なにぃぃぃぃ、事実か!!　ならば殺すっ!!　両の眼をえぐってドロドロに熱した鉄を流し込んでくれるわ!!」

「まぁまぁ、お義父さん。まだお互い子供ですし、姉弟みたいなものですから」

「黙れッ!!　そもそもエレナとコレットをそっちに置いておいたのが間違いなんじゃ！　正式にわしの娘と孫として発表し、コレットとエレナ、一緒に王城で暮らすんじゃ!!　堂々とおじいちゃんと娘とその孫になるんじゃ!!」

「ふむ、その時私はどこに？」

ヒートアップする国王様に対して師匠は名前を呼ばれなかった自分はどうするのかを聞いていた。

「知らん。野垂れ死ね」

国王様は即答でとてもひどい返答をしていた。でも師匠は嫌な顔をせず、むしろ楽しそうなのだから心がすごく強いんだな、と思う。

「フフ、おじいちゃん大はしゃぎね。アゼルにはいつも苦労をかけちゃってごめんなさいね」

「いえ、慣れたものですから。それにしてもローザ様、相変わらず素晴らしい料理ですね。どれも美味しいです」

「あら、ありがとう。おじいちゃんなんてここ何十年も美味しいって言ってくれないのよ？」

「うん、おばあちゃんの料理美味しくて、好き。静かに味わって食べたいからおじいちゃんとパパとレオは別の部屋でご飯食べればいいのに。私、おばあちゃんとアゼル様と食べるから」

「イヤじゃ、イヤじゃ!!　わしはエレナと食べるんじゃ!!」

「お義父さん、私は構いませんよ？」

「俺はその、イヤかも……です」

こうして謎の空気で食事は進んでいくのであった。

☆

これは二手に別れたのは失敗だったな、無理を言ってでもフェイロ先生の方にみんなでついていけば良かった。そう思ったのは――。

「アリシア様っ、いらっしゃるとは知らず、すぐにいつもの部屋が空いているか調べて参ります っ！」

「いいえ、急に来たのだから無理は言わないわ。どこでもいいから通して下さる？」

「あっ、いいえ、あぁー良かった！　幽玄の間が空いておりました！　すぐに案内させていただきま すっ」

「そう？　ありがとう。何突っ立ってるのよ、ついてきなさい」

明らかに場違いで浮いている俺たちが、恐らくもっとも格式の高い部屋に案内されている時だ。

「せんせー……。ちょっとお腹空いたの治ったかも」

「あぁ、先生もだ」

「ジェイド先生、すみません、私、少しだけ眩暈が……」

「私は食べる。食べきったあと、逃げる」

通された部屋は煌びやかでとても趣のある優雅な部屋だ。やたら重そうな椅子を引いてもらい、席についた俺たち四人は完全に呑まれていた。

「それでアリシア様、本日はどのような料理を？」

先ほどから案内してくれている上品な礼服に身を包んだ店の者がそう尋ねる。

「いつものコースでいいわ」

「畏まりました。極み鳳凰、天翔の舞コースですね。すぐにご用意いたします」

そしてそれに対し、アリシアはいつものコースを頼んだ。極み鳳凰、天翔の舞コース。名前がこれでもかとキラキラしていて、明らかに高いですと言わんばかりのコースだ。俺はそっとテーブルに置いてあったメニューを開く。どのメニューにも価格など書いていない。そして極み鳳凰、天翔の舞コースなんていうコースはメニューになかった。特別コースということだろう。

「ジェイド？　魂が抜けたような顔をしてどうしたのかしら？　ここはお気に召さない？　でも残念ね。今日は私がルールよ」

「どうにでもなれ……」

俺は最悪の場合……というより確定に近い未来だが、アリシアに借金をしようと決めるのであった。

それから暫くして料理が運ばれてきた。

「センセイ、お皿が大きい」

「あぁ、そういうものだ」

巨大な皿の中央に前菜がちょこんと載って出てきた。

「せんせー……ナイフとフォークがいっぱいあって……」

「外側から使うんだ」

並べられた食器を不安そうに見つめるミコに食事作法を教える。一応これでも宮廷で働いていたのだからテーブルマナーくらいはなんとかなる。

「……何してるの？　食べないの？」

「いただきます……」

俺はなんとなく気後れして食事に手を伸ばせなかったが、アリシアに急かされついに覚悟を決める。

そして、パクッ――んぐんぐ。

「………うめぇ」

家庭料理とは違う、高級料理店でしか味わえない何とも言えない複雑で繊細な味が口の中に広がる。

気後れしてたであろう生徒たちも俺が食べるのを見て、おずおずと慣れない手つきで食事を始める。

「――っ!! セ、センセイ……。お口の中が宝石箱になった」

「ほわぁぁっ～♪ せ、せんせー、ごめんなさい！ ミコ、またお腹空いてきちゃいました！」

アマネとミコは前菜を綺麗に食べた。野菜はもちろんのこと、ひたしてあるスープの一滴までをも完食していた。ミーナに至っては真剣な表情で少しずつ味わっていた。目線が上空を泳いでるあたり、まさかこの料理のレシピを考えて再現でもするつもりなのだろうか。

それから次々に料理が運ばれてきた。甘い果実に塩味のあるハムを載せた料理や、魚を生で捌いて、まろやか～なソースに絡めたもの、小魚や甲殻類を揚げたもの。そして――。

「こちらS7ランクの王牛のステーキになります」

「「「「おぉ……」」」」

俺たち四人はつい感嘆の声を上げてしまった。S7ランク王牛――グラム当たり金貨一枚は下らない最高の肉だ。まさか人生初のS7ランク王牛ステーキをこの旅で食べることになるとは人生何があるか分からないし、お金のことはもう考えない。

「センセイ、センセイ、切ってないのに切れる」

「せんせー、食べていいんですか？　ミコこれ食べていいんですか？」

アマネとミコは大興奮だ。あのミーナですら動揺しているのが分かる。俺はミコにもちろんそれはミコが食べていいんだと言ったあと、自分の前に置かれている肉にナイフを通す。アマネの言っていることが分かった。ナイフはその重みだけで肉へと沈み、そしてほどけるように切れる。それをフォークに刺し、芳醇な果実ソースに絡める。そして口へと運んだ。

「………」

言葉にならなかった。俺にはこの美味さに相応しい表現など見つからず、ただ目を閉じて咀嚼し、嚥下した。俺たち四人はお互いに目配せし、頷き合う。言葉はいらない。この美味しさを共有できているだけで満足だ。

只々無言で俺たち四人はその幸せを噛み締めた。

「ちょっと、せっかく美味しいお肉なんだからなんか言ったらどうなの？」

この時、アリシアが空気を読まず、そこらの美味しい肉を食べてる時と同じ調子で何やら言ってくる。黙っててくれ。俺たちは今王牛と真剣に対峙しているんだ。言葉には出さず、アリシアを睨み、やはりモグモグと咀嚼する。

「な、何よ……。みんなして不気味ね……」

どうやら俺だけじゃなかったようだ。俺たち四人は無言でアリシアを睨みながら、ステーキを食べる食べる。

だが、ステーキは無限ではない。有限だ。終わりが来てしまう。

「パンになります。ステーキソースにつけて――え」

サーブの者がパンを運んできた。ステーキソースにつけて食べろとでも言うつもりだったのだろうか。生憎だったたな。俺たちはすでにステーキソースの最後の一滴まで堪能してしまっている。つまり、ステーキソースなど残っていないのだ。

「いや、何ドヤ顔してるのよ……。あと、そっちの子たちにどういう教育しているのよ。ほかに客がいないからって、お皿を持ち上げてペロペロするのはどうかと思うわよ」

「「テヘ」」

アリシアの指摘にミコとアマネは悪びれずに頭を掻く。俺とミーナはそれに対して注意できなかった。何故なら自分一人だけだったらそうしてしまう可能性が僅かながらあったからだ。いや、当然この場では我慢したが。うん。

こうしてフルコースを堪能し、最後のデザートまで完食し、一息つく。

「……ふぅ。いい人生だった」

「なに、バカなこと言ってるのよ」

俺は満足気な表情でそっと遠い目をする。アリシアに怒られた。しかし、伝票が来ないから会計は分からないが、恐らく金貨十枚を超えるだろう。エルム学院の給料五か月分だ。

「ジェイド先生、ご馳走様です」

「センセイ、ありがとう。センセイのことは一生忘れない」

「せんせー、ご馳走様です。また食べさせて下さい」

ミーナ、アマネ、ミコが申し訳なさそうに俺にご馳走様と言ってくる。いや、ミコは図々しくまた食べさせて下さいとか言っているが。

「それで、これからどうするのかしら？　あなたたちは監視対象だけれども公序良俗に反しないのであればある程度の意思は尊重するけども」

「アマネとミコに王都を案内したいと思っている。俺が無事ここを出ることができたなら」

「は？　無事出るってどういうことよ。私はここであなたに対して剣を向けたりしないわよ」

「いや、そういうことではないが。まぁいい。とにかく出ようか」

アリシアは何かを勘違いしているようだが、俺が言いたいのはそういうことではない。

「？　まぁいいけども。はいはい。じゃあお会計しましょうか」

来た。最初に案内してくれた者――どうやら支配人だったようだが、その支配人に店を出ることをアリシアが告げる。

「出るわ。ご馳走様、相変わらずここの料理は一級品ね。とても満足だったわ」

「いえ、アリシア様にそう仰っていただけて、光栄です。こちらお土産になります」

「あら、ありがとう。はい、人数分あるみたいだからあなたたちも貰っておくといいわ。それでおいくら？」

「いえいえいえいえ、滅相も御座いません。お会計は結構です」

ドキドキしながら会計を待っていたが、ほんの少し、ほんの少しだけ淡い期待を抱いていたお会計は結構ですの一言に俺の心臓が高鳴る。

「そういうわけにはいかないわ。五人分もいただいてしまったのだもの」

「いえ、そうは仰られましても、この店はハーミット公爵家様からの出資で経営させていただいてる以上、アリシア様からお会計をいただくわけには……」

「……分かったわ。じゃあ私の分は何かあったとき用にプールしておくわね。じゃあ四人分のお会計をお願い」

「……そこまで仰るなら畏まりました。お支払いはどなた様でしょうか？」

「……俺だ」

支配人と目が合う。俺の手には汗がびっしょりだ。

「では、お支払い額を――」

チラチラと俺の顔とアリシアの顔を交互に見る。どうやらこの支配人は俺に払える額を見極めているようだ。アリシアに恥をかかせないためだろう。ここから俺と支配人の静かな擦り合わせが始まる。

「金貨――」

コクリ。まずは最低限金貨で払えるかを確認してきた。俺はそっと頷く。

「四枚――」

僅かに頬を引きつらす。

「のところを――当店では十五歳以下のお客様には無料キャンペーンを実施しておりまして、大人二名様分で――」

コクコク。俺はそれなら払えると素早く静かに首を振る。そして支配人は安堵したように――。

「――金貨二枚となります」

と告げた。

「はい。大変美味しい料理をありがとうございます。ご馳走様でした」

「お心遣い感謝致します」

そして金貨二枚と大銀貨一枚のチップを渡し、会計を終える。俺はこの時支配人と妙な絆が生まれたような気がしたし、アリシアに借金をせずに済んだことで気持ちも軽くなったし、何より財布がとても軽くなった。

こうして俺は最大級のトラブルをなんとか乗り切り、軽い足取りでミコとアマネに王都を案内するのであった。

☆

「では、ジェイド？　今夜はここから出ないようにして下さいね？　もし勝手な真似をしたら騎士団権限で暫くの間拘留しますから」

「はい……」

王都を案内し終わって指定の宿にようやく辿り着いた。アリシアに気を使い続け、なぜか不機嫌なミーナのご機嫌を窺い、アマネとミコに振り回された一日であった。精神的にひどく消耗したのは言うまでもないだろう。それで夜から飲みにでも歩くと？　無理。シャワーを浴びてすぐに寝たいくらいだ。

「あなたたちも同じ立場ということをお忘れなく」

「理解しています」

「ん」

「はーい♪」

ミーナはまだしも、アマネとミコは随分アリシアに慣れたらしく気軽な口を利く。公爵家令嬢で王国騎士団女性部隊の隊長をしているアリシアに対して度胸がありすぎる。

「では失礼します」

そしてアリシアが何か言いたそうに俺を睨んだ後、結局簡単に別れの挨拶だけして去っていく。ここでようやく俺は肩の力を抜き、深く溜息をつく。

「はぁ……。みんな俺のせいですまない」

監視がついたのはそもそも俺の王都追放の令が出ているからだし、その中でもアリシアが付いたのは俺個人の繋がりによるものだろう。改めて窮屈な思いをさせたことに対して謝る。

「いえ、ある程度王都での行動に制限が付くのは分かっていましたし、アマネちゃんやミコちゃんが女の子なので女性の方を付けてくれたことは良かったと思います」

奥歯にものが挟まったような言い方だ。ハッキリと何が気に入らないのか言ってくれた方がスッキリする。精神的に余裕がなくなっていたせいか俺は少しだけムッとしてしまう。

「……回りくどい言い方だな。そうは言うがずっと不機嫌だっただろ？　言いたいことがあるなら言ったらどうだ？」

そして我慢できず、睨みながら強い口調で問いただしてしまう。

「別にありませんけど？」

ミーナも珍しくムッとした顔で言い返してくる。

「はわわわっ。アマネちゃんどうしよ……」

「うーん、これはわりとガチっぽい感じだから困った」

アマネとミコを困らせてしまった。だが、いつも通り俺から謝ってなかったことにするのは無理だった。きちんと事情を説明するまで俺は折れる気がないというつもりで睨み続ける。

「…………」

だが、ミーナも譲る気はないらしく、ジッと俺のことを睨みつけてくる。そんな時——。

「到着ですね。ジェイド先生たちも戻られていたんですか。って、おやおや。何かお取込み中のようでしたかね？」

フェイロ先生たちが玄関から入ってくる。宿屋のロビーで睨み合っているのだから何かあったことはバレバレだろう。

「アリシア、か。すまない、気苦労をかけたね。店主部屋の鍵を——」

その後ろからついてきていたアゼルが何事かを察したのか、一言そう謝り、ロビーでの受付を代わりにしてくれる。だが別にアリシアに対して怒っているわけではないし、アゼルから謝ってもらいたいわけでもない。

「ほらジェイド、部屋は二つだ。男性の部屋の鍵がこっち。女性の部屋の鍵がこっちだ。また明朝迎えに来る。心配せずともその時はボク一人だ」

アゼルは俺に鍵を二つ渡して、そう伝えてくる。アリシアに振り回されないで済むというのは朗報だ。今日一日を見る限り、アリシアとミーナの相性は良くないのだから。

「では、ボクは失礼するよ。隊長くれぐれもトラブルが起きないようお願いします」

「ハハハ、もうトラブルが起きてしまっているようですが？」

「……ハァ。これ以上、です。では」

「了解しました。では騎士団長殿、また明日――さて、ジェイド先生、ひとまず鍵を二つ預かっても？」

アゼルは苦笑いを浮かべながらため息を一つつくと、足早に去っていった。フェイロ先生も同じように苦笑いしてアゼルを見送ると、俺に鍵を渡して欲しいと言ってくる。俺はどんな態度をとっていいか分からなくなってしまったため、無言で鍵を二つとも渡す。

「さて、みんな疲れたでしょう？　少し部屋で休憩としましょうか。部屋は二階のようですね。行きましょう。エレナ、先導を」

フェイロ先生がエレナにそう言うと、生徒たちを引き連れて二階へと上がっていく。そして最後尾で階段を上がっていたフェイロ先生がピタっと立ち止まり――。

「あ、そうそう。ジェイド先生、この宿には談話室があるようですよ。店主、今は――フフ、どうやら空いてるみたいですね。では、ごゆっくり」

そう言った後、こちらを見ずに二階へと消えていった。

「「………」」

随分と恥ずかしいところを見られたという自覚はある。ここまで醜態を晒しておいてそのままというわけにはいかない。少なくともお互い納得する形で収めるべきだ。

「少し話そうか」

「……そうね」

そして俺はミーナと再会してから初めての険悪な雰囲気に戸惑いながら談話室へと向かった。

☆

「お邪魔しま～すっ」

「ミコ……に、アマネにエレナまでかよ。なんでお前らがこっちの部屋に来るんだよ……」

「なんとなく」

「えへへ～、今一番楽しい話題をみんなで共有したいってアマネちゃんも言ってたでしょー」

「私はミコに引っ張ってこられたのよ。別にあんたに会いたいわけじゃないから勘違いしないで」

部屋に荷物を置いて、片づけをしていたら女子三人がこっちの部屋に来た。何やら話したい話題があるらしい。なんだろうか。

「ハァ……。お好きに。で、ミコ。みんなで共有したい話題ってなんだよ」

「えぇぇぇっ!? レオ君分からないのっ!?」

どんな内容かミコに聞いたら死ぬほど驚かれた。いや、俺は読心の魔法なんて使えないんだから分かるはずが――。

「ミコ無駄よ。このチビは見た目もチビのガキだけど、中身はもっとガキだから」

「うるせーよ。まな板」

「あんっ？」

「じゃれ合わないで。話が進まない」

「『じゃれ合ってなんかない』」

本日二度目だ。でも疲れているのでそれ以上は何も言わず、アマネの言う通り、黙って話を待つことにする。エレナもこれ以上文句を言うつもりはないみたいだ。

「フフ、仲良しさんだね。もちろん話ってのはジェイド先生とミーナ先生だよっ」

「せんせーたち？ あぁー、なんかさっき睨みあってたけど喧嘩でもしたのか？」

思ったよりつまらなそうな話だったため、適当に返事をする。

「ッフ、レオはおこちゃまね。あれはズバリ、ラブコメっ！」

「うるせーよ。……で、なんだよ、ラブコメって」

アマネがいつになくテンション高めに変な言葉を使ってくる。聞いたことがない言葉だ。

「ラーヴ、アンド、コメディ――つまり、センセイとミーナ先生は青春しているってこと」

「…………あ、そ」

俺はアマネに対して白い目を向ける。はっきり言って、わけが分からない。せんせーとミーナ先生が恋愛しているって？　いや、ないだろ。どうして女子ってのは、なんでもかんでもくっつけたがるのか。

「ミコ、アマネ、だから言ったでしょ？　初恋もまだのチビに理解できるはずがないって」

「アハハ……、エレナちゃん言い過ぎだよ～。じゃあじゃあ、フェイロ先生はどう思いますか？」

色々と反論したいが、面倒くさいためスルーする。女子たちの次の標的は師匠であった。ベッドに腰かけて本を読んでいた師匠が名前を呼ばれてゆっくりと顔を上げる。

「そうだね……。私はどちらの先生も好ましく思っているから、そうであるなら応援してあげたいとは思うね」

そして師匠はどちらとも取れない曖昧なことを言った。

「パパ、ずるい」

「エレナ、大人はみんなそう。言い逃れできるよう逃げ道を作って言葉を吐く」

「……フフ、ひどい言われ様だね」

そんな師匠に対してエレナとアマネは言いたい放題だ。でも師匠はそんなことを言われても余裕で受け流している。やっぱり余裕があるのが大人だなって思う。その点、せんせーはなんかあまり余裕がないというか、素直すぎるというか。

「はいはいはーい。ズバリ、ミコの見解を言いますっ！」

そんなことを考えてると突然ミコが手を上げて、そう宣言した。誰に許可を貰ってるわけではないようだが、みんなそれを承認し、耳を傾けている。

「ミーナ先生の方がジェイド先生を好きだと思いますっ！」

「えぇぇー……」

ミーナ先生はせんせーを怒ってばっかだし、せんせーは男としては頼りない感じだ。すごくモテるって噂のミーナ先生が、せんせーのことなんか好きになるわけがない。

逆ならまだしもと言う気持ちを込めて、俺は不満の声を上げる。だが、不満の声をあげたのは俺だけだ。

「私もそう思った」

「今日一日過ごしてみて、そう思ったんでしょ？　詳しく教えてよ」

だが、アマネとエレナは驚くどころか、それを当然のように受け入れている。俺は困惑して師匠の顔をちらりと覗き見ると――。

「フフ、レオ。これも勉強です。彼女たちの話をよく聞いて、女性の怖ろしさというものを知っておきなさい」

師匠は冗談交じりでそんなことを言うのであった。かくして、女子たちの恋バナは始まった。

「まずアリシア様はせんせーのことが好きです。間違いないです。でもせんせーは気付いていない」

アリシア様がせんせーのことを好き？　最初にあれだけ悪口を言っていたのに？

「同意」

「正解ね」

「えぇー……」

アマネは同意しているし、エレナに至っては正解と言い切った。確かアリシア様とエレナは仲が良いし、せんせーのことをアリシア様から聞いたって言ってたけど、つまりそれは恋の相談ってことか？　全然ピンとこない。

「だよねっ。で、アリシア様は今日一日ずーーーっと、せんせーの隣にいたの。それもすぐ隣。最初はせんせーが逃げないために近くにいるのかなーって思ったんだけど、せんせーを困らせる度にすごく嬉しそうにしているのを見て、あっ、気を引こうとしているんだなって分かっちゃった」

「激しく同意」

「正解ね。アリシア様の初恋は先生よ。でも、アリシア様はそれが初恋だってことに気が付いていない」

既に俺の中には恐怖心が芽生えていた。女子ってそんなところを見ていて、常に思考を張り巡らせているのかと。

「あー、やっぱりやっぱり？　気を引きたいのは分かったんだけど、やり方が女性らしくないというか、むしろ男の子っぽくて、あんまり恋愛経験がないのかなぁって思ってたんだっ」

まぁそれが正解かどうかはさておき、ひどい偏見だ。

「でも、そこがまたキュンキュンする。正直、ちょっと応援したくなったし」

「分かるわ。アリシア様って先生のことを話すとき、すごく可愛いのよね。あいつがお兄様と仲良くしているのを見るとイライラするとか言うの。でもそれってアゼル様を取られて怒ってるんじゃなくて、アゼル様に先生を取られていることにイライラしているのにね」

「キャーー、可愛いぃっ♪」

ダメだ。何を言ってるか分からない。なんだか頭がおかしくなりそうなので、剣の修行でもしていたい。師匠は――。

「これも修行です」

逃げる許可を出してくれない。そんな俺のことなどお構いなしにまだまだ女子たちの会話はヒートアップしていく。

「それで、今まで気付かなかったんですけど、ミーナ先生がアリシア様に対して警戒心を出して、女の子の顔になったんです」

「あれは驚いた。いつも大人で男性教師や男子生徒からのそういうのを華麗に受け流していて、プライベートな部分をまったく見せなかったミーナ先生が、まさかって」

「え、超見たいんだけど」

「ほんとかよ……」

教師どころか同級生や上級生にもミーナ先生に憧れてる奴が多いって噂は聞くけど、一切相手にしないことでも有名なのは俺も知ってる。それがせんせーに？　ミコとアマネの勘違いだと思うけどな。

俺はそう思って、疑問の声を上げるが女子たち三人に軽く睨まれた。怖い……。

「でもアリシア様も鈍感だから、なんでミーナ先生が怒ってるのか分かっていないんです。つまりミーナ先生は一人相撲状態」

「あれは見ていてつらかった。センセイも鈍感。アリシア様も鈍感。ミーナ先生だけ気付かないふりをして、我慢をして、それを表に出さないようにして」

「分かるわ……。すごく分かるわ」

女子三人はつらそうな表情でうんうんと頷き合っている。

「でも、一つ分からないのはミーナ先生がせんせーのことを好きになったタイミングなんですよね。もしかしたらなんですけど、二人は出身地が同じって言ってたし、せんせーがたまにミーナ先生のことを自然と呼び捨てで呼んでいるところを見ると――」

「幼馴染ね。それは起源にして頂点。最強のラブコメ古典属性」

二人がそう結論を出す。まるで犯罪捜査の推理を見ているようだ。観察力や洞察力が半端ない。

「えぇ。それに二人は今でも学校外でよく会っていると思うわ。休日に先生が教えに来てくれる時も服から女性の――ミーナ先生の香りがするもの」

「お前ら探偵かよ……」

こいつら普段しれっとしていながら、匂いまで確認しているのかよ。三人を引いた目で見てしまう。

「コホンッ。以上のことからミーナ先生はせんせーの幼馴染で昔からせんせーのことが好き。今も鈍感で生活力がなさそうなせんせーの面倒を見ている、と。どう？」

「「異議なし」」

結論が出たようだ。さりげなく生活力がなさそうと言われているせんせーに少しだけ同情した。

「レオ、勉強になったでしょう？」

「……師匠、女ってマジで怖いです」

そして俺の中でもこの日一つの結論が出て、トラウマになるのであった。

☆

「で、なんだったんだ？」

俺たちの入った談話室はこじんまりとしており、テーブルが一つと椅子が四脚ほどあるだけだ。その狭い部屋で俺はミーナと向かい合わせに座り、今日の態度について尋ねる。

「慣れない王都と、初めての監視付きの行動に緊張して疲れただけ。むしろなんでジェイドの方が怒ってるのか分からないんだけど」

なんで俺が怒ってるのか分からない、か。俺自身、何故ここまでムキになっているのかなんて分からない。ただ、お互い生徒たちの前でこんな態度でいるのは良くないってことだ。しかし、それを上手く言葉にすることはできそうにないし、かと言ってこのまま寝たら明日も気まずい雰囲気な気がする。であれば、どうするか。

「飲むか」

「はい？」

「酒を飲むぞと言っている」

「……一応聞くけど、なんで？」

酒を飲むしかないだろう。唐突な俺の提案にミーナは不機嫌な顔から一転、呆れた顔になっている。

「ミーナ、俺は女心が分からない朴念仁《ぼくねんじん》ではあるが、お前にストレスが溜まっていることくらい分かる。それは俺のせいかも知れんし、そうじゃないかも知れないが、そんなの分からん。だから酒だ」

「意味が分からないんだけど……」

「だろうな。これは俺の自己満足なだけかも知れない。いや、そうだな。今日は飲みたい気分だから付き合ってくれ」

そうだ。俺がミーナと今日、この場所で酒を飲みたくなっただけだ。だから俺は頭を下げて頼みこむ。

「……ハァ。もう意味分かんない。生徒もいるんだから、少しだけよ」

「ありがとう。じゃあ待っててくれ」

俺はミーナを残して談話室を後にした。酒を調達しようと宿屋の店主の元を訪れたのだが、そこで――。

「あなた宛に伝言を預かっています」

「伝言？」

店主から話しかけられ、伝言があると一枚の紙を渡された。二つ折りにされている紙を開き、中に目を通す。

『ジェイド先生へ。エレナ、アマネさん、ミコさんたちは今、こちらの部屋に来ており、私が見守っていますので、どうぞごゆっくり』

『せんせー、ミーナ先生と仲直りするまで帰ってきちゃダメですからね！』

『女性の機嫌のとり方は、褒める、肯定する、貢ぐ。頑張って』

『逆に機嫌を悪くしてしまうのは、他の女性の話をすることですので、気をつけて下さい』

『女子のアドバイスはマジで聞いた方が良いと思う』

字体の違う五つの文章が現れた。名前は書かれていなくとも誰がどれかは検討がつく。そして、どうやら俺がミーナを怒らせてしまっていると認識されているようだ。まぁ、あながち間違ってはないため、ありがたくそのアドバイスを胸に店主に酒と簡単なつまみを用意してもらい、談話室へと戻る。

「待たせたな」

「ううん」

テーブルの上につまみを並べ、ワインをボトルからグラスへ移す。

「生徒たちはフェイロ先生が見てくれてるみたいだ」

「そ。でも、私たちだけお酒を飲んで楽しむのは気が引けるから一杯だけね」

そう言って、俺たちはワインを飲み始めた。


どれくらい経っただろうか。ミーナがこのワイン美味しいと目を輝かせてから随分と時間が経った気がする。宿屋の店主がハーミット公爵家の関係者なら、と最高級のワインを出してくれたのだ。

ミーナはうっとりしながらもう一杯だけ、と言って――。

「れぇ、ジェイド聞いてるのっ⁉　あの、アリシアって子はぁ、一体なんらの⁉」

「……だから、アリシアはアゼルの妹で、学生時代の後輩なだけだってば……」

「嘘れしょ！　らって、私分かっちゃったもんっ。アリシアはジェイドが好きだって。良かったれすね。モテモテれ」

「いや、そんなわけがないだろ……。学生の時から会えば文句しか言われないし、イジワルしかされた覚えがないぞ」

やけにアリシアのことで絡んでくる。確か女性の機嫌のとり方は褒める、肯定する、貢ぐだったな。でもこれを肯定するのは違う気がするし、他の女性の話をするなと言ってもミーナからしてくるし。

俺はアドバイスを思い出しながら、それが何の役にも立っていないことに肩を落とす。だが完全に酔っ払っているミーナは止まらない。

「もう一本」

「は？」

「もう一本飲むのっ！　ワインちょーらいっ！」

「……いや、これ以上飲むのは……」

「いやぁ！　飲むったらのーむーのっ!!　ジェイドも付き合いなさいよっ、なんでまら酔ってないのよ……」

目は完全に据わっており、駄々をこね始めるミーナ。よほど普段から溜まっているものがあったのだろう。それが王都での緊張で爆発してしまったのかも知れない。俺はみんなの言葉に甘えてとことんミーナに付き合おうと覚悟を決め、店主のところへもう一度向かう。

「ほら」

「んきゅ、んきゅ。はぁ〜、おいちい」

ミーナは顔を真っ赤にしながら満面の笑みだ。なんだかこうして見るといつも大人びているミーナが年相応に見えてくる。

「なーに、見てるのよ……。ジェイドこっちきなさい」

そんなミーナを観察していると、目が合う。すると目つきが鋭くなり、バンバンと隣の椅子に腰掛けろと命じてくるではないか。とことん付き合うと決めた俺は何も言わず、言われた通り隣の椅子に腰掛ける。

「ぎゅ〜」

そして何を思ったかミーナは俺の腕をギュと抱きしめてくる。俺の右腕がほよんほよんと二つの柔らかい丘に挟まれ、ぐにゅりと包まれた。

「えへへ〜」

少々どころではなく気まずいのだが、ミーナはそんな俺の気持ちなどお構いなしにひっついたまま、ニコニコとご機嫌のようだ。

「のんれ。ジェイドものんれ」

ミーナは抱きついたままワインのボトルを顎でさしてくる。

「はいはい」

俺はそれに従い、左手でボトルからグラスへ注ぐと、グラスを傾け、琥珀色のワインを嚥下する。

「わらしものむ」

「？　どうぞ」

ミーナは飲むと言いながら俺の右腕を離そうとしない。ひとまず先ほどと同じように左手だけでグラスへとワインを注ぐ。だが、動かない。

「のーまーせーれっ？」

「あ、はい……」

猫撫で声で甘えてくるミーナに、俺は左手でグラスをその口元まで運び、ゆっくりと飲ませていく。

「んく、んく。んっ……。えへへ、おいしい～」

「あー、もう、ほら、口元……」

美味しいと言いながら、その口元からワインがつーと一筋流れる。慌てて、ナプキンでその口元を拭ってやる。

「わ～、ありがと～！　ジェイドやさしいぃ～」

「お、おう。どういたしまして」

普段真面目な人ほど、スイッチが入ると反動がすごいと言うが、ここまで極端な例は見たことがなかった。エルムに来てからミーナとは何度かお酒を飲んだが、あれは随分と抑制していたんだなぁと、どこか現状を他人事のように捉えてしまう。

「ねぇ、ジェイド～？」

「んー？　なんだ？」

「ジェイドはわらしのころ……」

「ミーナのこと？　ん？」

ミーナは何やら言いかけて寝てしまった。小さく口を開けて、すぴーすぴーと眠る姿は普段のしっかりしたミーナの姿とはかけ離れており、なんだか微笑ましくなってしまうのであった。そんな時である――。

コンコン――。

「どうぞ」

控え目なノック音がする。現れたのはフェイロ先生だ。

「お邪魔します。フフ、随分とお楽しみになったようで」

「えぇ。この有様です。遅くなってすみません。ついフェイロ先生の言葉に甘えてしまって……。生徒たちは？」

「いえいえ、お気になさらずに。私たちの部屋でみんな仲良く寝ていますよ」

「みんな？　ミコたちも？」

「えぇ、ミコちゃんもアマネちゃんもエレナもですね。おませな年頃とは言いますが、寝顔は年相応でとても可愛らしいですよ。フフ、可愛らしいと言えばミーナ先生の寝顔も随分と、ですね」

俺の腕をぎゅっと抱きしめ、肩を枕にしているミーナの寝顔は確かに可愛らしいとも言えよう。

「ハハ、随分緊張していたみたいで……。ミーナ、ほら起きろ。部屋に戻るぞ」

俺は左手で肩を揺らす。だが一向に起きる気配がない。

「ジェイド先生、ジェイド先生。今起こすのは可哀そうですよ。このまま部屋まで運んで寝かせてあげましょ？」

「……このまま、ですか？」

コクリ。フェイロ先生は頷く。確かに、疲れて酔って眠ったばかりのところを起こすのは酷であろう。俺はその提案に従い――

「分かりました。じゃあフェイロ先生、手伝って――」

「ノンノンノン。ジェイド先生、なんのために魔法師になったんですか？　あ、荷物は私が持っていきますね」

ミーナを運ぶ手伝いを申し入れるが、あえなく却下された。冗談か本気か見極めるためにしばらく睨み合うが、フェイロ先生の笑顔が崩れることはなかった。

「女性を運ぶために魔法師になったわけじゃないんですけどね……」

仕方なく軽い皮肉を呟いた後、魔法で浮力を発生させ、左手一本をミーナの膝の下に入れ、抱え上げる。右腕は抱きしめられたままなので、その抱き方はお姫様抱っこと言うには少し不格好であった。

「フフ、お姫様をさらう悪い魔法使いみたいですね」

「もう何とでも言って下さい……」

「あ、そうそう。こちらの部屋のベッドなんですけど、三つしかなくてですね？　レオが一つ。エレナたちが一つ。私が一つ使っていますので、悪しからずです」

「……ハァ、いいです。どうせ、ミーナの介抱はしなきゃいけないと思っていたんで、このままミーナのベッドの横で休みます」

「おやおや？　そのまま本当に悪い魔法使いになっちゃうんですか？」

「……」

「おっと、怖い。すみません、冗談です。では明日の朝また」

俺はこれでもかとからかってくるフェイロ先生を睨む。フェイロ先生はわざとらしく謝ると、そのまま談話室の扉を開け、二階へと上がっていく。そして、フェイロ先生はその手に持つ鍵を使って扉を開けてくれると、鍵と荷物を部屋の中に置き、さっさと出ていってしまう。パタンと扉が閉まり——

「俺は知らないからな？」

二人きりになった部屋で俺は愚痴るようにそう零す。そして、この状況を生み出してしまった原因を全てミーナに押し付け、ベッドへとそっと横たえる。右腕は離してくれる様子がないため、右腕だけベッドに上げたまま床へと座り込むのだが、ひどく疲れる体勢だ。

「……おやすみ」

仕方なく俺はベッドを背もたれ代わりにし、目を閉じる。右腕は痺れて感覚がないが、かえってそれが良かったのか、しばらくすると俺の意識は深く沈んでいった。

第三章

episode.03

超常生物との死闘

I was fired from a court wizard so I am going to become a rural magical teacher.

「ハッ!?」

ここはどこ……。私はミーナ……。隣にジェイド？　外は明るい。昨日、昨日何があった――うっ、頭が……痛い。

寝覚めは最悪であった。頭はぐわんぐわんと痛いし、胃がひっくり返りそうなくらい気持ち悪い。分かっている――二日酔いだ。昨日の夜、確かジェイドと一杯ワインを飲むと言って……。

「記憶が……ない……」

そこからの記憶が一切なかった。そして今なお抱きしめているジェイドの右腕をそっと離す。寝ている間ずっとそうだったのだろうか。というか、他の生徒たちは？

「……ふぅ」

なるべく物音を立てず、周りのベッドをチラチラと覗いてみる。どのベッドも人が入ってるようには見えず、むしろ使われた形跡さえない。生徒にこの場面を見られたかどうかはひとまずグレーになった。

次に私は掛け布団をゆっくりと浮かして、自分の体を見下ろす。良かった、服は着ている。というか昨日の服のままだ。だが、そこで少し緊張の糸が緩んでしまったようだ。急激な吐き気に襲われる。

トタトタトタ――。ガチャリ――。ジャ～――。

「…………ふぅ」

幾分かスッキリした。胃の中身が空っぽになったところで、口をゆすぐ。ジェイドが起きた時、朝の挨拶を交わして、その……臭いとか言われたら死ねる。私は死ねるだろう。

「おはよう。大丈夫か？」

「ブハッ」

「おいっ、大丈夫か！」

そんなことを考えていたらジェイドが音もなく隣に立っていた。あまりの驚きに口に含んでいた水を洗面所に噴き出してしまった。すぐに口を閉じ、手で向こうへ行けと必死に伝える。

「え、あ、あぁ。でも本当に大丈夫か？」

顔を背けている私の表情を覗き込んでくるジェイド。いいから、お願い、今はあっちへ行ってて。

私はジェイドの問いかけに首を何度も素早く縦に振り、シッシと追い払うのであった。酔っぱらっていた私を介抱してくれて、朝まで一緒にいてくれたジェイドに対してこの対応はどうかとも思うが、それどころではない。後で謝ろう。そう決めて、今は一刻も早く立ち去ってもらうようお願いをする。

「わ、分かった。何かあったら呼んでくれ」

コクコク。そしてジェイドが去ったのを確認して、素早く洗面所の扉を閉める。歯磨き粉を普段の倍くらい使い、念入りにハミガキをする。そして私は何度目かのハミガキを終えたところで、洗面所の扉を開けて、顔を覗かせる。

「今からシャワーを浴びます」

「え、じゃあ出て――」

「いいです。そのままそこにいて下さい」

「あっ、はい」

私は有無を言わさずジェイドをその場に留め、無言でツカツカと鞄を掴んで脱衣所へと入っていく。脱衣所の鍵を掛けるかは迷った。ジェイドに限って覗きなんてするわけがないし、でも逆にこれもマナーかと思い、鍵を閉める。そして熱いシャワーを頭から被り、汚れとアルコールと臭いを全て綺麗さっぱり洗い流すのであった。

☆

ミーナがシャワーを浴びている音が聞こえてくる。静かな部屋でそれを一人待つというのは少し気まずいものだ。

「右腕大丈夫かな……」

俺はその時間を持て余す中、右腕をプランプランと振ってみる。感覚がまったくない。結局一晩中思いっきり抱きつかれていたため、神経や魔力回路が圧迫されて一時的に麻痺しているのだろう。手をグーパーしてみたり、簡単な魔法をいくつか唱えてみたりと時間を潰す。

カチャリ。そんなことをしていると脱衣所の鍵が開いた。

「……お待たせしました」

「あぁ。いや、うん。気分はどうだ？」

「……死にたいです」

別に煽ったわけではなく、純粋に体調はどうだと尋ねたつもりだったが、ミーナはこの世の終わりかのような顔をして自嘲気味に死にたいと言った。

「いやいやいや。その、まぁ、疲れが溜まっていたんだよ」

「……覚えてないの」

俺はそっと慰めの言葉を掛けるが、そもそもミーナは昨日の夜のことを覚えていないらしい。いや、これは好都合だ。忘れていた方がいいこともあるだろう。

「そうか。いや、一杯飲んだだけで、真っ赤になって眠ってしまったんだぞ？　で、俺がこっちに運んだら俺も眠くなって寝ちゃってな。ハハハ、お互いイイ歳して恥ずかしいな」

なので、少しでも傷を浅くするために俺は嘘をつく。

「……ほんと？」

「あぁ、本当だとも」

「一杯だけ？」

「あぁ、一杯だけだ」

「すぐに寝ちゃったの？」

「すぐだったな。疲れてたんだろうなぁ」

不安そうに尋ねてくるミーナ。俺はしれっと短くそう答えていく。そしてしばし見つめ合う。

「いや、そんなわけないよね……。私あり得ない量を吐い――」

「いや、そんなわけあるんだっ。いいか、ミーナは昨日、一杯で酔いつぶれて寝てしまったんだ」

「う、うん……」

俺は強引に説き伏せる。幸い、甘えん坊ミーナを見たのは俺とフェイロ先生だけだ。フェイロ先生には口裏を合わせておけば変なことは言わないでくれるだろう。そんな時だ――。

コンコン。

「おはようございますー。起きてますかー?」

フェイロ先生の声が聞こえる。ミーナの方を見るが、非常にバツの悪い顔をしている。やはり、この年齢の男女が二人きりで一夜を明かしたとなると体裁が悪いだろう。だが、フェイロ先生にはバレてしまっているため、隠れてもしょうがない。俺はドアを開けて、フェイロ先生を招き入れる。

「フェイロ先生、おはようございます。昨夜はありがとうございました」

「いえいえ、とんでもない。ジェイド先生、ミーナ先生おはようございます。ミーナ先生、体調は大丈夫ですか?」

「えぇ……。その……」

ミーナはフェイロ先生と目を合わせられないでいる。記憶がないのだから何をどう誤魔化していいのかも分からないのだろう。だが、そこは流石フェイロ先生である。

「ジェイド先生には申し訳ないことをしました。ミーナ先生がお酒を少し飲んだだけで体調を悪くされて、その介抱を任せっきりにしてしまいまして……。生徒たちにさせるわけにはいかないですし、私よりは気心の知れたジェイド先生の方が良かれと思いまして……」

申し訳なさそうな顔でそう謝ってくる。

「あ、いえ。こちらこそ生徒たちのことを見て下さってありがとうございました。ハハ、いや俺も疲れていたのか、ミーナを横にしたらついついウトウトして、そのまま……恥ずかしい限りです」

そして俺も精一杯フェイロ先生の気遣いに乗ることにした。

「………フェイロ先生、ジェイド先生、ご迷惑を掛け、本当に申し訳ありませんでした」

ミーナはと言えば、これに対し何も言ってくることはなく、深く深く頭を下げ謝罪するのであった。

「フフ、いえいえ、ミーナ先生が元気になられたのなら何も問題はありませんよ。さて、ジェイド先生もシャワーを浴びたらどうですか？　ミーナ先生は少し風に当たってくるといいですよ。中庭が開放されてましたから」

フェイロ先生にそう言われ、もう一度俺とミーナは頭を下げると、その通り行動を始め、改めてフェイロ先生がいかに大人で気の回し方が上手いのかを再認識したのであった。

そして、生徒たちも目を覚まし、出発の時間となる。


「おはよう。ゆっくり休めたかい？」

ロビーで待っていたのはアゼルだ。爽やかな笑顔でそう挨拶してくる。俺とミーナは顔を見合わせ、苦笑する。生徒たちは何も言ってこなかったが、まるで全て見透かしているかのようにずっとニヤニヤしている。

「フ、どうやら楽しい夜になったようだね。さて、それじゃ行こうか。馬車を用意してある」

宿の外に出ると立派な馬車が止っている。引く馬も一頭じゃないどころか、四頭もいる。アゼルと俺たち七人を乗せるには少し広すぎる馬車だ。

「流石は公爵様だな……」

「フ、ジェイドイヤミにしか聞こえないぞ？　それと――」

俺がその馬車を見て、そう呟くとアゼルが近づいてきて冗談半分にそんなことを言う。そして一瞬顔つきが真剣になり、そっと耳打ちをしてきた。

（同乗者がいる。対象特Sだ。くれぐれも失礼のないように）

特S――特別護衛対象Sクラス。これは王族に類するものにしか使われないものだ。つまり、中に乗っているのはそういうことになる。声には出さず、アゼルに『なぜ？』という視線を返す。アゼルは静かに目を閉じるだけだ。つまり、これは偶然ではなく必然であるから黙って覚悟だけしろという意味だろう。まったく、イヤになる。

「よーし、まずは先生が一番だっ！」

仕方なく気持ちを切り替え、王族の誰かを確認し、生徒が失礼をしないよう最大限なんとかせねばなるまい。

「うわー、せんせーガキじゃん」

「あんたもね。大人がわざとらしくはしゃいでいるのに対して、それをガキって言ってしまうのがガキだし、あんたが大人だったら、気を使ってずるい、俺のが先だとか言うべきね」

「……んだとっ？」

「おい、もういい。分かった、分かった。先生が悪かったから、お前らが仲いいのは十分知ってる。でも他の人に見られたら恥ずかしいだろ？　じゃあ静かにした方がいいのも分かるな？」

レオとエレナに小馬鹿にされるのはいい。だが、こんな調子で馬車の中でも喧嘩して、それが王族の方の気に障ったら大変だ。頼むから静かにしてくれと願う。

「とにかく、俺が一番乗りだ。みんなは待っててくれ」

そう言うとミーナとフェイロ先生は不思議そうな顔をした。だが、二人とも何かあると察したのだろう。俺の提案に頷き、生徒たちを見てくれている。さて、ではご対面といこうか。

「失礼しま――」

馬車の中に入ると老人二人が座っていた。一人は男性だ。王族と一目で分からない地味な衣装であるが、その生地の上等さ、そして長年君主として君臨してきた貫禄やオーラは消せるものではない。もう一人は女性だ。こちらも落ち着いた服装であるが、とても上等なものだと分かる。それに座っている姿勢が美しく、気品に溢れている。しかし、この二人分厚い眼鏡を掛けているだけだが、これで変装をしているつもりなのだろうか。

「せんせー、入るぜー」

「いや、待て」

俺がしばしの間、茫然としているとホロの外からレオの声が聞こえる。慌てて制止の声を掛け、俺は目の前の老人たちの前まで歩き、膝をつく。

「……お久しぶりに御座います。魔法局宮廷警護課に所属しておりましたジェイドと申します。ベルクード陛下とローザ様に置かれましては壮健そうで――」

「人違いじゃ」

だが俺の挨拶は途中で止められた。何か無礼をしたかと顔を上げる。

「……と、仰いますと？」

「わしは恐れ多くも国王陛下などではなく、ただの老人じゃ。人違いだろう。ベルじぃとでも呼んでくれ」

「私はローザばぁです」

いや、ベルって。明らかにベルクード様だし、その横に座るのは陛下の生活の世話から国政の手助けまで一手に引き受ける特別専官侍女であるローザ様だろう？　いやローザ様に関しては偽名を使うことすらしていないし。だが、陛下がそう言うならばそういうことだろう。

「か、畏まりました。初めまして、ベル様に、ローザ様ですね……」

「ベルじぃ」

「ローザばぁ」

「……ベルじぃにローザばぁですね。理解いたしました」

俺は冷や汗を流しながら陛下のことをベルじぃと呼び、ローザ様のことをローザばぁと呼んだ。

「おーい、せんせー、いい加減入るぞー」

「……あぁ。だが、同乗者がいる。くれぐれも失礼のないように頼むぞ。良い子にしているんだぞ？」

ドタドタと階段を上がって馬車内に入ってくるレオに俺は懇願した。だが、あえなくその夢は潰えた。

「あーーーー!! 国王様じゃん!!」

レオはあろうことか、陛下に指をさしながらタメ口で正体をバラしたのだ。俺はさぁーっと血の気が引く。

「おい、小僧。わしを国王陛下と勘違いするなど不敬罪じゃぞ? 次に国王陛下などと呼んだらそこにいる王国騎士団長殿に斬られてしまうやも知れんからの?」

「そ、そ、そうだぞ、レオ? 何をバカなことを言ってるんだ? それと人を指さしちゃダメって先生教えただろ? あ、いや教えてないか。ハハハ、いいか? 人を指さしちゃダメだ。あと、あの人はベルじぃさんで、あっちの人はローザばぁさんだ。簡単に陛下だの言うんじゃない。ただの愉快なご老人だ。い、いいな?」

そして俺は目の前が暗くなりかける中、歯にものを着せぬ物言いでレオを叱る。なんだか俺も失礼なことを言ってる気がするが、そんなことには構ってられない。レオの一連の言動はいくら正体を隠しているとは言え、王族に対してあまりにも無礼すぎる。

「えー……。まぁ、うん。じゃあ分かった」

「え、なんで、おじいちゃんとおばあちゃんがいるの……?」

「アハハ、エレナ? お義父さんは少しでもエレナと一緒にいたいんだよ。分かってあげなさい」

「あら、フェイロさん? おばあちゃんだってエレナと少しでも一緒にいたいのよ」

「ハハ、そうでした。失礼いたしました」

「フン。そうじゃわしらはエレナと一緒にいたいんじゃ。どこぞの馬の骨は御者でもしておれ」

「……はい？」

そして、いつの間にか馬車の中には全員が乗り込んでおり、その中のフェイロ先生とエレナが訳の分からないことを言い始めたせいで、俺の口からは間抜けな声が出てしまう。

お爺ちゃん？　お婆ちゃん？　お義父さん？？？　なんだこのどこにでもありそうな家族の会話は？　正気か？

「あ、ご家族の方だったんですね。初めまして、エレナさんのお爺様、お婆様。私はエレナさんやフェイロ先生と同じエルム学院で教師をしているミーナと申します。いつもお世話になっております」

「うむ、ベルじゃ。こちらこそ孫とバカが世話になっておる」

「ローザと申します。こちらこそいつもお世話になっております」

俺が口をあんぐりと開けている中、ミーナは目の前にいるのが陛下と特別専官侍女とは気付かず、平然と挨拶をしている。ひ、膝をつけ。ひ、膝をつくんだ。そう願うが、今は正体を隠しているし、え、それより本当に家族？　え？

「ミコです！　エレナちゃんとは昨日お友達になりました！　よろしくお願いしますっ！」

「私はアマネ。同じく昨日からエレナとはマブダチでずっ友。よろしく」

「うむ、女子の友達は大歓迎じゃ。仲良うしてやっとくれ」

「フフ、おじいさんたら恥ずかしいわ。孫離れができなくてねぇ。うちのエレナと仲良くしてあげてちょうだい」

アマネとミコも和気藹々と会話をしている。この中で緊張感を持ってるのは俺だけだ。一瞬、本当に陛下とローザ様とは人違いなのかと思いかけるが、そんなわけがない。アゼルがそっくりさんを呼んで特Sなんて下らない冗談をするわけはないし、何より宮廷警護課にいながら最重要警護対象を間違えるわけがない。絶対に陛下とローザ様だ。

「フフ、アゼル。ジェイド先生が困り果てていますよ」

「どうしたの？　ジェイド先生？」

そんな俺を見て、フェイロ先生が苦笑し、ミーナが不思議そうな顔で見上げてくる。

「……アゼル？」

「……あぁ、紹介する。こちらフェイロ隊長の奥方であるコレットさんのご両親、ベルさんとローザさんだ。久しぶりに帰省したお孫さんであるエレナさんとどうしても一緒に過ごしたいと騎士団に申し出があった。騎士団ではその家族愛に心打たれ、同行を許可した。これは正式な騎士団業務であり、このご老人方も私の監視対象であり、同時に護衛対象だ。陛下にも許可を頂いている」

そう言ってアゼルは王印の押された業務指示書を見せてくる。どうやら本気らしい。陛下とローザ様が婚姻関係であるとは聞いたことがない。そしてコレットという姫のことも。つまり隠し子。正気か？　そんな国政を転覆させかねない一大スキャンダルを背負えと言うのか？

「あぁ、そうだ」

「……心を読むな」

「フ。肩の荷が少し軽くなったぞ？　親友」

「……やめてくれと言いたいが、もう背負ってしまったからな……。墓まで背負ってやるよ。親友」

小さい声でそう耳打ちしてくる親友に俺はやれやれと返事を返すのであった。だが、これでようやく分かった。王都入場許可は陛下自らが発行したのだろう。エレナを連れてこいという条件で。まったくベント伯といい、フェイロ先生といい、平然とした顔をしながら裏で交渉をしていたわけだ。俺はフェイロ先生を最後に恨みがましく見ると、そんな俺の気持ちを見透かしたように端正な顔で爽やかに笑うだけだ。

こうして、俺だけは緊張しているが、その他の者たちは和気藹々と喋りながら王立魔法研究所を目指すのであった。


「どうやら着いたみたいだ」

馬車が止まった。俺は懐中時計を開き、時間を確認するとそう呟く。目的地である王立魔法研究所に着いたのだろう。だが、王立魔法研究所で陛下とローザ様が和気藹々と家族トークをしていたら、簡単にスキャンダルは漏れてしまうだろう。一体どうするつもりなのだろうか。

「どうした？　ジェイド。降りろ」

「いや、おいアゼル。大丈夫なのか？」

「……抜かりはない」

どうやら策はあるようだ。アゼルは学生時代から抜け目のない優秀な奴だ。アゼルがそう言うならそうなのだろう。俺は生徒たちとともに馬車の外へ出る。

「ここが王立魔法研究所だ。俺も久しぶりに来た――が」

なんだか前来た時より寂れていると言うか、生気が感じられないと言うか。

「ほぇー。でっかい建物だなー。でも誰もいなさそうだけど、これやってんのか？」

「わー、ここが王立魔法研究所……。でも本当にレオ君の言う通り、なんだか少し不気味だね……」

「死の臭い。事件の予感」

「ちょっとアマネ、変なこと言わないでよ」

生徒たちも同じことを考えていたようだ。アマネが変なことを言うからエレナが少し怖がってしまっている。少し意外ではあるが、エレナも芯は強いが十三歳の女の子だ。苦手なものや怖いものの一つや二つあるだろう。

「ッププ、え、お前ビビってんの？」

「はぁ!? バカじゃない？ つまらないこと言うと斬るけど？ アゼル様剣を貸して下さい」

だが、そんなエレナをレオがバカにする。図星なためかいつもより過剰に反応してしまったエレナがアゼルから剣を借りようとする。俺とアゼルは顔を見合わせて一つ溜息をつく。

「はぁ……。お前らいい加減にしろ。この旅が始まってから常にそうだが、家でもそうなのか？」

「「…………」」

二人は無言だ。つまり、家でもこうなのだろう。その元気が羨ましいまである。

「おい、小僧。うちの可愛いエレナをバカにするとは大した度胸じゃ。騎士団長殿、剣を貸すんじゃ」

陛下とローザ様も降りてきた。そして一部始終を見ていたらしく陛下はレオに喧嘩を売り始める。やめてほしい。いかに正体を隠して平民のフリをしているとは言え、陛下にはツッコミづらいのだ。

アゼルも苦笑である。

「ハハ、レオはエレナと姉弟みたいと言いましたが、こうして見るとお義父さんとも本当の孫のように――」

「おい、そこのバカ。黙るんじゃ。わしはエレナ以外を孫と認める気はない。ほれ、エレナ、おじいちゃんが手を繋いでやろう」

「おじいちゃんキモイ」

「ガーン……」

だが、そんな俺のささやかな願いは叶いそうにない。エレナは家族だからまだしも、うなだれる陛下に対し――。

「ベルじぃドンマイ」

「ベルおじいさんドンマイですっ」

「ッへ、ざまぁみろ」

他の生徒たちまで近所のじいさんを相手にするかのように声を掛けていくのだ。

「こら、あなたたち目上の方に対して言葉遣いが雑ですよ。ベルさん、生徒たちがすみません……」

ミーナ違う、そうじゃない。目上とかそういう次元じゃない。その人、王様、王様だから！　そんな声が喉まで出かかるがなんとか堪える。そして、レオ。お前、陛下と分かっていてその態度とか決して長生きはできないからな。

俺はエルムに帰ったら王族に対する礼節をレオに叩き込むと決めたのである。

そんな風に王立魔法研究所の前で騒いでいると、正門がギギギとゆっくり開いた。その奥から現れたのは――。

「はぁ、やかましい。まったくとんだ珍メンバーだな」

腰まで伸びる銀髪をなびかせ、魔女の二つ名にふさわしい魔性の美しさを持つ気だるげな女性――エメリアだ。エメリアは白衣に両手を突っ込んだまま気怠げに俺たちを見まわして、溜息をつくと陛下に対してなんとも不敬な言葉を吐く。

「エメリア様、お久しぶりです」

「あぁ、エレナ久しぶりだな。ん？　少し魔力の質が変わったな。このクセは……、そうか。ジェイドお前が教えているのか。確かエルムで教師をやっているんだったな」

「あぁ、そうだ。久しぶりだなエメリア。今日は忙しいところすまない」

どうやらエレナとエメリアは顔見知りのようだ。エメリアは、ウィンダム王国四大公爵家のオルガ家の現当主である。恐らく四大公爵家の親王派閥であるオルガ家とハーミット家の当主クラスの人間はエレナと陛下の関係を知っていたということであろう。

「これはこれはエメリア様お久しゅう御座います」

「ふむ、ベルじぃ久しぶりだな。なんだその眼鏡は？　死ぬほど似合っていないぞ？」

「ぐぬっ」

「フフ、エメリア様お久しぶりです。あんまりおじいさんをいじめないであげて下さい。今日のためだけに新調した自慢の眼鏡なんですから」

陛下は平民のフリをしていることはエメリアは承知しているらしく容赦のない暴言を浴びせる。その暴言に頬をピクリと引きつらせ、固まってしまう陛下。そしてニコニコとした笑顔でトドメを刺すローザ様。平民のフリを楽しんでいるかとも思ったが、随分と不憫だ。だが、これ以上陛下に対して失礼があると俺の胃袋に穴が開きかねない。俺は話を戻し、エメリアを皆に紹介する。

「あー、みんな紹介するな。王立魔法研究所の所長で『銀髪の魔女』として有名なエメリア公爵だ。ちなみに俺の同級生でもある」

そう紹介した後、今度は逆にエメリアに全員分の名前を紹介していく。一通り挨拶が終わり、エメリアがうんざりしたところで気になっていたことを聞いてみた。

「そう言えばエメリア、今日は休みなのか？」

エメリアが現れた後も人の気配は感じない。王立魔法研究所に休日があるということが意外だ。

「あぁ、私が所長を務めて以来、全ての者が休みというのは初めてだな。まぁ仕方あるまい、国王陛下から一日業務停止の書状が届いてしまったからな。なんでも王都を追放された凶悪犯がそちらに向かうから、とのことらしい」

「……なるほど」

「うぐっ、な、なんじゃ。いたいけな老人を睨むとはほんに最近の若者はまったく……」

謎は全て解けた。つまり、陛下はローザ様、フェイロ先生、エレナとの関係がバレないよう王立魔法研究所から人を追い払ったのだ。それも国王という立場を使い、俺という存在をダシに使い、孫と一緒にいたいという至極私的な理由で。エメリアがイヤミたっぷりに睨んでくれたため、俺は無表情で納得した様子を見せる。いくらそれが公私混同甚だしい職権乱用でも俺には陛下を睨む度胸などないのだから。陛下はやや気まずいらしく、苦い顔をしながら視線を泳がせている。

「さて、そういうわけでジェイド、面倒くさい入館手続きなど今日はなしだ。本題に移りたいから中に入れ」

そう言うとエメリアはくるりと振り返り、スタスタと中へ入っていってしまう。

「そういうことなら、お邪魔します」

それに従い、ついていく俺たち。何度か入ったことはあるが、人がいないのもあっていつもより広く感じる。やがてエメリアが一つの部屋の前で止まり、扉を開いた。中はこの人数が入って丁度いい会議室である。

「で、用件は二つだったな」

「あぁ――」

「センセイ、私は後でいい。先にミコのを」

アマネの魔力回路の件についてと、ミコの召喚魔法についてだ。そしてアマネは自分を後回しにしてミコのをと言ってくる。その気持ちを汲んで俺はまずはミコの召喚魔法について相談を始めた。

「実は、ここにいる俺の生徒――ミコと言うのだが、彼女は召喚魔法に興味があるらしくな。ヒントを貰いにきた」

俺の言葉にエメリアは眉をしかめる。そして――。

「はぁ……。ジェイド、私は暇じゃない。生きている限り、今この瞬間も時間という最も価値のある資源を使っているんだ。私はまだまだ研究し足りない。死ぬまでそうだろう。で、そのおままごとに付き合わすために、こんな大げさなメンバーを集めたのか?」

はっきりと迷惑であると告げ、俺を責めてくる。確かにエメリアの言うことはもっともだ。だが、ここで反論するのは俺ではない。ミコだ。ミコがどれだけ本気であるかを伝え、エメリアを動かすだけのナニカを持っているかが問われているのだ。俺はミコにそっと視線を向ける。俺の視界に映るミコは怯えておらず、決意と覚悟を持った目をしていた。

「ヒューズ、エメルトン、ハイナ、コルトラント、ギエーブ、レーリッヒ――」

そこで何を言うかと思ったら、ミコは魔言のように人名をつらつらと挙げはじめた。しかし一人、また一人と名前が挙がっていく内にエメリアの目の色は変わっていき――、

「……なるほど。只のバカではないようだ」

最後にはまっすぐミコの方を向いていた。

「ミコ、今のはなんなんだ?」

だが俺にはなぜこの人物名を挙げただけでエメリアがミコに興味を持ったのかさっぱりだ。その人物名に誰一人として聞き覚えはない。

「今挙げた方々は、召喚魔法、転移魔法、使役魔法、多次元理論、異世界学などの分野で論文を出されている研究者の名前です」

「ほー。すごいな、ミコはその年で論文の著者名まで覚えているのか」

俺は素直にすごいと思った。俺も魔法の研究は好きだが、もっぱら実践と実験派だから論文にはあまり明るくない。当然いくつかは読んでいるのだが、著者名まで覚えることはなかった。だが、論文の著者名だけであのエメリアが興味を示すだろうか？

「そして――」

「ん？」

どうやら続きがあるようだ。ミコはエメリアの顔をまっすぐ見つめ――。

「この著者名は全部エメリア様ですよね？」

ニッコリと答え合わせを待つ無邪気な子供のような笑顔を向ける。

「……あぁ、その通りだ。今まで研究員の中にも指摘してくる者はいたが、全部当てたのはミコ、お前が初めてだ。いいだろう。褒美だ。世界で最も価値があるであろう私の時間をくれてやる。それで、なんで召喚魔法――」

「愚問ですね。逆に分かりません。なぜ、あなたたちは――」

「おい、ミコ!?」

俺は驚き、素っ頓狂な声を上げてしまう。急にミコがエメリアに対して挑発的な言葉を使ったからだ。だが、これに対しエメリアは不敵に笑う。

「……フッ。未知がこんなにも転がっているのに、それを探求しようとしないのかが。この世に未知以上に刺激的なものなど存在しないのに、か。懐かしい言葉だ。先ほどの言葉に補足しよう。只のバ

カではなく、大バカが来たようだ。ついてこい」

「はいっ♪」

「…………えぇー」

ついそのやり取りをぼーっと眺めてしまった。なんだか急に分かり合ったかのように阿吽の呼吸で会話を始めた二人はごく当たり前のように移動を始めたのだ。

「……ミコちゃんって天才肌だったんですね」

ミーナが苦笑した呟きに全てが集約されているような気がした。こうしてあっけなくミコはエメリアに気に入られ、俺たちはまたしてもゾロゾロと移動を始めるのであった。


「さて、着いたぞ」

歩くこと数分。目的地に辿り着いたようだ。目の前には物々しく巨大で、分厚そうな鋼鉄の扉がある。

「ジェイド、開けてくれ」

「？　分かった」

俺は深く考えることもなく、扉の前に立つ。確かにいくら魔法のスペシャリストとは言え、エメリアは女性だ。女性がこの扉を開けるのは大変だろう。

「せんせー、頑張って下さいっ！」

「センセイ、ファイト」

ミコとアマネからは応援が入る。流石先生と言うところを見せる場面だろう。もしやエメリアはそれを見越して俺に活躍の場をくれた？　いや、考えすぎか。単に労力を嫌がっただけだろう。

「さて、んじゃ開けるぞっ、と――」

この扉は左右への開き戸だ。両手で取っ手を握り、涼しい顔でゆっくりと力を篭めていく。だが、中々開かない。あれー？　思ったより重いぞー？

「せんせー、どうしたの？」

「センセイ、開けられない？」

ミコとアマネの表情が曇ってきた。他の皆も心配そうな目で見つめてくる。

「ハハハ、いや、ちょっとだけ重いみたいだ。すこーし、強めに力を入れるかな。フンッ!!　ぐぬぬぬぬぬっっ!!」

本気で力を入れると少しだけ隙間が空いた。もうなりふりなど構っていられない。俺は必死の顔でその隙間を広げようとするが、

「あっ、スマン。ロックが掛かっていた。ほれ、解除だ。ぽちっ」

「ぬぁぁぁっっ!!」

エメリアが壁に取り付けられているロックボタンを解除すると、扉は一気に軽くなり、ものすごい勢いで開かれる。俺の両腕はピンと伸び切り、かなりどころではなく、間抜けな姿だ。

「せ、せんせー。その、流石です……くぷっ」

「センセイ、最高。めっちゃ面白い」

ミコはそう言いながら笑いをこらえていた。アマネは目を輝かせながら親指を立てていた。他のみんなは指をさして笑っていた。

「エメリア……」

「さ、愉快なジェイド先生が扉を開けてくれたところで、乗り込め」

エメリアはまったく悪びれもしない。というか、確実にわざとだろう。そして俺の呪詛を無視し、乗り込めと言う。乗り込め？　俺は視線を扉の奥へと向ける。そこには――。

「これは……」

「おぉ〜、すげぇー、めっちゃカッコいいじゃん……」

魔導飛行船が止まっていた。レオの言葉ではないが、確かに少年心をくすぐるようなカッコいいフォルムだ。

「魔導飛行船か。てことはこれに乗ってどこかへ行くのか？」

「違う」

「え……」

乗り込めと言ったのだからこの魔導飛行船でどこかへ向かうのかと思ったが、エメリアは少し憮然とした表情で違うとハッキリ言い切ったのだ。では、どういうことだろうか。

「じゃあ、何に乗り込むんだ？」

「それだ」

指をさしたのは先ほどの魔導飛行船だ。わけが分からない。

「？　その魔導飛行船でいいんだな？」

「だから違う」

「……なんだ？　今俺は哲学の世界にでも迷い込んでしまっているのか？　ミコ、エメリアが何を言っているか分かるか？」

さっぱりこの問答が理解できないため、すぐにエメリアと分かり合えたミコに尋ねてみる。

「え。これは魔導飛行船じゃないってことですよね。これは魔導機空艇だと思います。私も実物は初めて見ましたけど。論文に書いてあった特徴と一致している部分が多いので……」

俺はその答えに目を丸くし、エメリアの方を見る。コクリと満足そうに頷いた。なんだろう、エメリアってこんな面倒くさかったっけとも思ったが、そう言えば昔から面倒くさい奴だった。

「さて、そうと分かったなら乗り込め。行くぞ」

「一応聞いておくが、どこへ？」

「召喚魔法を使いたいんだろう？　この国で最もソレが成功しやすい場所だ。ミコ分かるか？」

「正確な地点は分かりませんが、ダダリオ山のどこかだと思います」

「ふむ。正解だ」

「わっ、当たりました！」

なんでダダリオ山なんだよと思ったが、ミコとエメリアが平均魔素濃度と磁界極点がー、異次元アクセス理論ではー、とか会話しながら乗り込んでいったため、聞くのをやめた。教師たるもの生徒に『え、先生なのにそんなことも知らないんですか？』と言われてはならないのだ。

「センセイ、今ミコたちがしている話なん――」

「レオー、この魔導機空艇かっちょいいよなぁ」

だが、それを分かってか分からいでか、今しがたの謎単語をアマネが聞いてくる。俺は大人の必殺技『聞こえないフリ』を使い、レオに話しかけた。

「え。あぁ、ま、まぁこれくらいではしゃぐようなガキじゃねぇけどな」

レオは純粋に受け答えしてくれた。しかし、その目は爛々と輝いており、魔導機空艇にワクワクしているのは明らかだ。

「センセイ、異次元アクセス理論って――」

「さぁ、みんな乗り込もうか。エレナ、段差になってるから気を付けるんだぞー」

俺の前方に回り込み、目を見て話しかけてくるアマネ。俺は振り返り、エレナへと注意を促す。

「え、はい……」

困惑したエレナは何か言いたげだが、結局何も言わず魔導機空艇のタラップを上っていった。

「センセイ、ふ――」

「アマネ？　乗り込むんだ。いいな？」

こうして俺は、命からがらアマネの猛攻を躱し、無理やりアマネを艇内へと詰め込む。アマネは不満そうであるが、俺の教師としてのメンツが懸かっているのだ。我慢してくれ。

「そっちの扉が客室だ。狭いが文句は受け付けないぞ。必ずシートベルトを締めておけ。先に言っておく、私は操縦桿を握ると楽しくなるタイプだ」

全員が乗り込むと、エメリアがそう指示してくる。エメリアが指をさした先には一枚の扉があり、それを開けると十席程であろうか、一人用のシートが並べられている。まずは生徒たちを座らせ、俺がしっかりとシートベルトを装着させていく。

「おい、エメリアバケツは？」

「あそこだ」

そして念のため生徒の前にバケツを一つずつ置いていく。何の疑問もなく用意されているということは、そういうことだろう。

「それで、ミコはどうするんだ？」

アマネ、レオ、エレナは座らせた。だが、ミコはまだエメリアの隣で立ったままだ。

「時間が惜しい。操舵をしながら召喚魔法について相談したい。ミコは操舵室に連れていくぞ」

「わっ、やたっ！」

どうやら本当に気に入られたらしい。俺はそれを了承すると、エメリアとミコは操舵室へと向かっていった。

「さて、じゃあ俺たちも座ろうか。エレナの隣は――」

「わし」

素早い身のこなしで即座に着席するベルクード陛下。ニッコニコである。僭越ながら俺がシートベルトを装着させる。

「まったく、おじいさんたらはしゃいでしまって。そんなんじゃエレナに笑われてしまいますよ」

そして、その横にはスッとローザ様が座る。長年連れ添った仲というだけであって、並んだ姿はとても自然だ。

「ではお義母さんの隣には私が失礼させていただきますね。あ、ジェイド先生ありがとうございます。」

ここまで来たら流れで全員分のシートベルトを装着する係になる。と言うのも、座った位置からだと自分で装着しづらい優しくない設計なのだ。

「ふん、マザコンめ」

「フフ、私はフェイロさんを生んだ覚えはありませんよ。でも可愛い可愛い息子ですけどもね」

「ハハ、お義母さんはいつもお優しい。ありがとうございます」

仲睦まじく会話をするフェイロ先生とローザ様。だがそれをつまらなそうに眺める陛下は——。

「おえー」

「おじいちゃん、大人げないからやめて」

エレナに言われた通り、実に大人げない行動をしている。これが王族の会話じゃなければほんわかして終わりなのだが、平民出の俺としてはやはり緊張してしまい、上手く笑えない。

「ジェイド先生、どうしたの？　変な顔して？」

「いや、なんでもない」

ミーナは未だに目の前でおどけるその人が陛下だと気付いていないため、何の疑問や違和感も感じていないようだ。それを見てアゼルは小さく笑う。

「フ、さて、ボクは隊長の隣に座ろう。で、監視対象のジェイド、君はボクの隣だ」

「はいよ、じゃあミーナはこっちに座ってくれ。シートベルトをつけよう」

アゼルの左の席はどうやら俺の席らしいので、そこは一つ空け、ミーナを先に座らせる。そしてミーナのシートベルトをギュッと締め終え、最後に自分のシートベルトを着けようとしたところで――。

『皆、準備はできたか？』

そんな通信が入る。どこに返答をすれば聞こえるのかは分からないが、慌てて準備がまだであることを伝えようとする――。

「まだだ。ちょっと待――」

『尚、この通信はこちらからの一方的なものであり、そちらの声は届かない。というわけで準備ができたものとして進める』

「おい。ふざけ――」

だが、こちらの声は届かないようだ。そしてエメリアはどうやら本気らしい。魔導機空艇が甲高い音を立てて、起動し始めたのが分かる。客室の壁を這っている魔力管に魔力が通されていくのを見て、こめかみに汗が流れる。これはマズイ。

「いや、ちょっと待て。クッ、なんで俺のシートベルトだけこんな固――」

バキンッ。

「あぁぁぁ!!　お、折れてしまった……」

シートベルトを止める金具が折れてしまった。そうこうしている間に客室のガラスから発艇場の扉がゴゴゴと開き、滑走路が伸びていくのが見える。まるでそれは処刑場への階段のようだ。そしてグッと機体が沈み込み、妙な圧力を感じる。まるで大型の魔獣がその後ろ脚に力を溜めて、飛びかかる瞬間を待つような。

『フラップ可変確認、魔導回路オールグリーン。魔力エンジンタービン七千、八千、九千。エンジン圧力規定値クリア――』

客室にはそんな声が聞こえてくる。この機空艇のことは何も知らないが、これだけは分かる。動き出すまで秒読み段階だ。

「おい、ジェイド。手を握っていてやろうか？」

「いや、アゼルふざけてる場合じゃ――」

「ジェイド先生、反対、反対、私の隣が空いて――」

「おぉ、確かに――」

焦って見落としていたが、ミーナの逆隣にも席は余っている。俺は急いでシートベルトを全て外し、立ち上がる。

『魔力ブースト全開放。魔導機空艇ディルミシア――発艇!!』

だが、その瞬間タービン音が更に甲高く鳴き、溜めていた力を一気に開放せんとばかりに、ごく一瞬空中に浮遊した後――。

「どっはぁぁぁあああ!!」

俺の体は簡単に吹き飛ばされる。

『アハハハハハハハハッッッ!!』

エメリアの高笑いを聞きながら、俺は無様に床を転がり数十秒を耐える。ようやく機体が安定したところで立ち上がり、ノロノロとミーナの隣へ向かった。

「………散々な目に遭った」

「アハハ……。大丈夫？」

「体はなんともないが……」

心には大ダメージだ。変な叫び声を上げながら後ろに吹っ飛び、床をゴロゴロと転がる。これで『何が？』と平然でいられる人間がいるなら会ってみたいものだ。

「どっはぁぁぁ～、ゴロゴロゴロゴロ。センセイ、ひな壇芸人なら百点」

「ちょっと、アマネやめてあげなさいよ。先生、顔蒼ざめてるじゃない」

「エレナは優しいのぅ。コレットも小さい頃からとても優しい子じゃったよ。うむうむ」

「せんせー、俺ちょっときもぢわる――」

「あ、ちょっと弱チビっ！　吐くならバケツに吐きなさいよ!?」

「無理……。かがんだら出る……あと、まな板ブ、うぷぅ」

「ちょ、ほんとやめてっ!!　取ってあげるから待ってっ!!」

キラキラキラキラ～。間一髪エレナの手がバケツへと届き、レオの顔にカポリと嵌めることに成功した。

「地獄絵図の始まり。これでエレナも貰いゲロ」

アマネが不吉なことを言う。

「しないわよっ！　女の子はゲロなんてしないのっ！」

ピクリ。その言葉にミーナの顔がほんの少しだけ引きつったように見えたのは気のせいだろうか。

「おい、小僧。エレナの手にゲロかけたら打ち首じゃからな？」

「おじいさん、それはちょっと厳しすぎますよ。手を洗えば済む話じゃないですか」

「いやじゃ、いやじゃ！　エレナと手を繋いだ時にゲロ臭くなるのはいやじゃ！」

陛下ってこんなキャラだったのかぁ……。護衛している時は厳格で国を想う立派な国王だと思ったものだが、丸っきりジジバカじゃないか……。

「む。今、失礼なことを考えている奴がおらぬか？」

だが勘の鋭さは流石と言ったところである。俺は無表情を装い、決して陛下の方へ目線は向けない。

当然、内心では見透かされているのではないかとヒヤヒヤである。

「私よ。おじいちゃん、友達の前で恥ずかしいからやめて」

「ふふん。私の数少ない友達。でもきっとエレナも友達少ない」

助かった。エレナなら何を言っても怒られまい。そして、アマネ、ご家族の前でそういうことを言うのはやめなさい。

「グッ。うるさいわね……。友達を作ってる暇がないだけよ」

「父親としてはもう少し、友人との時間を大切にしてほしいけどね。だからレオやアマネちゃんたちにはとても感謝しているよ」

「カァー、ペッ。何が父親としては、じゃ。父親ぶりよって！」

「おじいさん、フェイロさんが父親ですよ。それともコレットが不貞をしたとお考えに？」

「バッカモンっ！　コレットが不貞など——ぐぬぬぬぬ。えぇい、もう知らん！」

こうして俺たちは和気藹々とは言えないが、賑やかな機内での時間を過ごすのであった。

☆

『着陸に入る』

幸いレオも落ち着き、和やかな時間が流れていた時にそんなエメリアの声が聞こえてくる。改めて前を見ると、荒々しい岩肌を持つ山が近付いているのが分かる。そして恐らくこの機空艇専用に作られたのだろう。平らにならされた広い停着場らしき部分が見えてきた。

そして機体の速度がゆっくりと落ちていき、タイヤが接地し、暫く進んだところで完全に止まった。どうやら着いたようだ。皆はきつく締められたシートベルトを外し始める。

「空の旅はどうだった？」

そんな時、扉が開きエメリアが顔を覗かせる。とても晴れ晴れした笑顔だ。

「若干一名すごく楽しんでいました」

それに答えたのはエレナ。チラリとレオの前に置かれたバケツを見ながらそんなことを言う。

「おぉ、そうかそれは朗報だ。やはりパイロットたるもの体の中から湧き上がるほど楽しませる使命があるからな」

なぜかそれに満足げなエメリア。湧き上がったものはゲロだと言うのに。

「ほれ、そんなことより、はよ降りてエレナの手をよーく洗わねばっ」

「大丈夫よ。ついていないんだから。あと弱チビ。私が世話してあげたんだからお礼は？」

「グッ……。うぐぐぐ」

そう言われるとレオはひどく顔をしかめて迷っているようだ。レオは反抗的ではあるが、善悪の判断はついている。素直に礼が言えれば俺としても嬉しいのだが。

「あ、ありが――」

お、どうやらお礼を言うようだ。俺は嬉しくなり、ミーナの方を見る。ミーナも小さく驚いた後、嬉しいようで微笑んでいる。

「とうございますっ！　まな板ブス様っ!!　よーし、降りよっと！　俺いっちばーん！」

「はい、殺す。弱チビ待ちなさいっ!!」

「はい、わしも小僧を殺す。こらぁ、待てぇい!!」

レオはそう吐き捨てて、走って逃げていった。それを追うエレナと陛下。頼むから王族相手に喧嘩を売るのはやめてくれ。俺は額を押さえ、天を仰ぐ。そんな俺を見て、笑うのはエメリアだ。

「ハハハ、ジェイド、中々大変そうだな。気の小さいお前のことだ。胃に穴が開くのも時間の問題だな」

こんな時間が続いたら胃に穴が開いて当然だろう。俺の周りの連中は図太すぎるんだ。

「……そう思うなら俺を助けてくれてもいいんだぞ？」

「バカを言え。私がお前を助ける？　お前に私の楽しみを奪う権利があると思っているのか？」

楽しんでいるのかよ……。俺はこれ以上会話を続けてもエメリアを喜ばすだけだし、イジられ続けるだけと言うのは分かっているため、無視することとした。

「ジェイド先生、遊んでいないでレオ君とエレナちゃんを追いかけて下さい」

「はい」

そして最後はやはりミーナに叱られる。少しだけ自分が不憫に思えたが、そこはグッと押し殺し、レオたちを追うのであった。


「いでででで、おい、耳が千切れるっ！」

「いいぞ、エレナ。そのまま小僧の耳を引きちぎってやるんじゃ！」

「はい、二人ともうるさい。いい加減にして」

追いかけようとしたら、向こうから戻ってくるのが見えた。どうやらエレナがレオを捕まえて、そのまま耳を引っ張って連行してきたようだ。それを陛下が後ろで煽りに煽っている。陛下……。

「はい、ミーナ先生」

「ありがとう、エレナちゃん。でもあんまり汚い言葉や暴力を振るっちゃいけませんよ？」

「はい、すみません」

「ぐっ、わしのエレナを叱るとは――」

「ベルさん？　あなたもです。エレナさんが可愛いのは分かりますが、子供は家族の背中を見て育つものです。ベルさんはエレナさんのお手本になるようにもう少し落ち着いて下さい」

「ぐっ、う、うむ……」

すごい、ミーナが国王陛下を叱った……。俺は目を丸くしているが、事情を知っているフェイロ先生、エメリア、アゼル、そしてローザ様までもが愉快そうにそれを眺めていた。

「あー、痛かった。ったく」

「はい、レオ君は普通にお説教です。そこに正座」

「えっ？　正座って、ここ地面――」

「せ・い・ざ」

「……はい」

それからレオは滅茶苦茶怒られていた。当然ミーナは暴力は一切振るわないが、その言葉の切れ味はエレナの拳や剣より痛いのだろう。説教が終わった後のレオはゲッソリとやつれたように見える。

「さて、こちらは準備が整った。自分の腕に自信がない者はそちらの超強化ガラスの部屋に入って見ていろ。ベヒーモスの体当たりにも耐えられる代物だ。まぁ召喚魔法が成功して出てきたものがベヒーモス以下である保証などないがな」

ミーナが説教している間にエメリアとミコは何やら召喚魔法に使うであろう大型の魔道具の起動準備をしていたようだ。そして、一応安全であるとされる大型のガラスルームを案内する。

「はい、レオ君とアマネちゃん、エレナちゃんは絶対にこっちね」

そしてミーナはまず生徒たちを率先してその部屋へと通した。レオは散々説教された後なので文句を言わずそれに従った。エレナあたりはどうかとも思ったが、こちらも素直に従う。

「おじいさん、私は自信がないのであちらに行きますが？」

「お前とエレナがおるんじゃ、当然わしもそちらに行こう。おい、バカモノ。何が現れても命を賭してわしらを守るんじゃぞ」

「フフ、畏まりました。お義父さん」

そして残ったのは五人。ミコ、エメリア、アゼル、フェイロ先生、俺だ。精鋭という意味ではこの国内でもかなりの戦力と言えるだろう。陸上魔獣最強と言われるベヒーモスが現れても何の焦りもない。

「さてジェイド、お前召喚魔法のことはどこまで理解している」

「そうだな。難しいという点だけだな。はっきり言えば想像できない。生物転移魔法ですら成功例など極僅かしか聞かない。それなのにここと は違う世界から生物を転移させて使役する？　常識人からすればバカげているの一言で終わりだ」

エメリアから今更の質問に俺は肩をすくめて正直にそう答える。

「まぁ、そうだな。大体流れはそんな感じだ。今日の実験で成功した時にどれだけこれがすごいことか分かっていなければ、感動もできないからな。少しだけ説明しよう。まず第一段階——異世界とのゲートを開く」

そしてエメリアは説明し始めた。異世界とのゲートを開くというたった一言がどれだけ難しかったかを。その説明によるとどうやらこのダダリオ山は平均魔素が異常に低いのだが、ある極点だけあり得ないほど高い数値を示す場所がある。まるで周りの魔素を吸い込む穴のように。その地点のことを特異魔点と呼ぶらしい。

「次に第二段階、運頼みだ。現状ゲートの先がどんな世界に繋がるかなど調整できない。つまり、たまたまゲートを開いた先に生物がいるかどうかは運頼みなわけだ」

この時点で絶望的だ。たまたま開いた先に生物がいるかどうか？　素人でも想像がつく。そんな確率天文学的数字であろう。

「エメリア、ちなみにその確率はどのくらいなんだ？」

「ふん、そんなもの割り出して何の意味がある。いるかいないかの二分の一だ」

その確率が一体どの程度だと考えているのか、興味本位で聞いてみたが、エメリアは屁理屈を押し通してきた。それは単に結果が二通りあるというだけで、その割り振り方に差が――とも思ったが、確かにそんな確率を割り出したところで意味などないのだろう。

「で、第三段階だ。運良く生物のいる場所にゲートを開けたら、その生物をこちらに呼び寄せる。だが、これは今のところ難しい」

「難しい？　さっきの運頼みは平然と成功させる体なのに、そこが難しいのか？」

「あぁ、実際に見てもらった方がいいだろう。ゲートを開けるぞ」

そう言うとエメリアは魔道具を起動する。巨大な円形の魔道具から紫電が走り、空間にヒビが入っていく。そして剥がれ落ちるように空間に直径一メートルほどの穴が開いた。

「おぉ～……。すごいな」

「おい、近づくな」

俺が少し奥を覗こうと一歩近づくがエメリアの強い制止の言葉に足を戻す。

「いいか、向こうの世界が見えるだろう？　あれはここことは違う次元の世界だ。まるで手を伸ばせばあの木に触れられそうなものだろ？」

確かに穴は平面だし、すぐそこに木が、岩が、草が、大地が、空が見えている。あの穴に手を突っ込む勇気さえあればすぐにでも触れられそうだ。

「見てろ」

だが、そうではないのだろう。エメリアは近くにあった石を拾ってその穴へと投げ込む。石は穴をくぐり――――消えた。こちらに戻ってくるわけでも、向こうに行ったわけでもなく、消えたのだ。

「……どういうことだ？」

「このゲートは一見、こちらの世界と異界を直接繋いでいるように見えるのだが、実際には違う。世界の間に次元の狭間みたいなものがある。様々な物質を通そうとしたが、無機物であれ、有機物であれそれを超えることはできなかった。分子レベルで分解されたかのように綺麗に切断されてしまう。どうだ、ジェイド腕を入れてみるか？」

フルフル。俺はその恐ろしい説明に首を横に振る。

「じゃあ召喚魔法は無理ってことか？」

そして、その次元の狭間を超えることができないのであれば召喚魔法は無理ということだ。恐らく向こうの世界から生物がこちらに飛び出してきても次元の狭間に阻まれてしまうのだろう。

「と、思うだろう。私もそう考えていた。だから私はこの次元の狭間を解析し、避ける方法や壊す方法を考えた。だが、この次元の狭間はまるで平面に見えて非常に広大なものであることが分かった。そのため、避けたり、壊したりは骨が折れると思っていた——のだが、ミコが面白いところに目をつけた」

「ミコが？　それは一体？」

まさかそこでミコの名前が出てくるとは思わなかった。俺はミコへと視線を向け、一体どういった方法を考え付いたのかを尋ねる。ミコは照れ臭そうに笑った後、俺たちに考えを説明してくれた。

「えへへ、えと、そこでミコは考えたんです。次元の狭間に住む生き物なら、このゲートを越えてこれるんじゃないかって」

「…………はぁ？」

俺は一瞬呆けてしまう。ミコは目の前に広がる広大な世界ではなく、あるかどうかも分からないような薄っぺらい次元の狭間に住む生物を召喚すると言ったのだ。

「フフ、どうだ。面白いだろう？　次元の狭間はフィルターのようなものであって、生物が生活を営む場所とは考えもしなかった私には非常に新鮮かつ面白い意見に思えた」

「……いや、まぁ確かにそう言われれば一理あるが。そんな不思議空間で生活を営んでいる生物がいるとは思えないんだが……。そういう生物の噂でもあるのか？」

「ドラゴンです!!」

「え……」

そんな噂があるわけないと思いながら聞いたが、まさかミコが自信満々にそう答えた。ドラゴン。聞いたことのない生き物だ。

「そのドラゴンってやつは何者だ？　エメリアは知っているのか？」

「名前だけはな。それも転生人《てんせいびと》が残した文献にほんの僅かに出てくるくらいだ」

「転生人……。輪廻転生ってやつか？　あんなの迷信か、ただの嘘だろ？」

転生人という言葉は知っている。前世の記憶がある人々のことだ。それに、この世界で死んだ人の魂ではなく、異世界からの魂が宿った例もあるとか。かなり胡散臭い話のため俺は信じていない。

「……そうでもないさ。転生人が残した文献には妄想や妄言では説明がつかないほど細部まで凝っており、時には研究の参考になるものもあるくらいだ。私は転生人も可能性としてゼロではないと思っている。そして異世界の者が口にしたドラゴン。私も名前しか知らなかったが、ミコはその生態を詳しく知っていた」

可能性はゼロではない。確かにそんな不思議な現象を起こらないと証明することは不可能に近いだろう。だがそれはやはり屁理屈でしかない。しかし俺はミコの人となりを知っている。彼女が出まかせを言うとは思えない。もしもミコが——。

「……ミコ、もしかしてお前」

「あ、いえ、ミコは転生人じゃないです。でも嘘はつかない……ぇぇと、ごめんなさい。たまに嘘はつくんですけど、でも騙すことは絶対にしない友達から聞いたので、信じて下さいっ！」

「…………」

ミコ自身は転生人ではない。その友人が転生人を名乗っているとのこと。ミコのことは信じているが、その名前も知らない自称転生人に関してはグレーだ。ミコは善人だから騙されている可能性も捨てきれない。

「ジェイド、論点はそこではない。それが本当かどうかなど議論するにも値しない。いいか、次元の狭間に適応する生物がいるか実験し、検証する。たまたま適応できそうな生物の情報がある。それだけだ。別に私は召喚する生物はドラゴンでもそうでなくてもいい。いいか、あり得ないと断定し、諦めるのは簡単だ。私はそんなつまらない世界にいたくないだけだ」

エメリアの言葉は心にグサリと刺さった。俺は確かに年をとるにつれ、常識の殻が厚くなった気がするし、割り切ったり、諦めたりすることも増えた気がする。同い年のエメリアは学生の頃から変わらずに未知の可能性に挑戦し続けた。それはとても眩しくカッコよく見えた。

「さて、とは言ってもドラゴンという生物は気になるだろう？　特徴を伝えよう。体長はまちまちだが、一般的にはおよそ二十メートル前後、鱗を持つ爬虫類型が多いようだ。一対の翼膜のついた翼を持っており、どうやってかは知らんが、推定何十トンという巨体を浮かかし、物凄い速さで自由自在に飛び回るということだ。また、寿命は数千年から数百万年になり、古い種族になればなるほど賢く、人語を理解し、魔法も使えるそうだ。そして非常に強靭で生態系の頂点に立つ捕食者だそうだ」

「は？」

俺はエメリアが真面目なのかふざけているのか判断がつかなくなってきた。なんだその超生物は。

「異世界ではそんな生物が飛び回ってるとでも？」

「いや、どうやら異世界においても存在はしないようだ」

「は？　……今何て言った？　異世界においても存在はしない？　じゃあ、今までの話はなんだったんだ？」

俺は混乱を極めた。異世界人が伝えた次元の狭間にも適応しかねない超生物ドラゴン。そんな話をしていたのに、肝心の異世界人も見たことがないのなら、最初からこの話はただのおとぎ話となる。

「ハハハ、そういうことだ。こちらの世界にも、異世界にも存在しない超常生物。だがまことしやかに各所で語られている。もしや、そんなバケモノなら次元の狭間に住み着いててもおかしくない、そう思わないか？」

だがエメリアは心底愉快そうに笑い、そう言った。あまりにオカルトじみた結論に俺は唖然とする。

だが、そんな俺を見た後、エメリアは振り返り――。

「多少頭のネジが外れていないと研究者などやってられんよ。では、次元の狭間に住まうバケモノとご対面といこうじゃないか」

真剣な表情で次元の狭間を睨んだ。

ゴクリ。そんな話の後だからだろうか、急にその穴が不気味に見えてくる。

「さて、ミコ出番だ」

「おい、ミコに何をさせるつもりだ」

そんな穴の前にミコを立たせたエメリア。俺は慌ててエメリアに詰め寄り、問い質す。

「そんなに心配するな。いいか、何のために私やお前やアゼル。そしてライオンがいる」

ライオンと呼ばれたのはフェイロ先生だ。ニコニコと手を振っている。

「いや、それはそうだが。そんな超生物にいきなり噛みつかれたらどうするんだ！」

「……分かった、分かった。ジェイドしゃがめ。ミコこっちへ」

「？」

エメリアには何か考えがあるみたいだ。それに従い俺がしゃがむと、エメリアは俺の首の上にミコを乗せてくる。俺の胸の前には、足が二本垂れてきた。これは――。

「ほら、ジェイド立っていいぞ」

「わっ。高いっ。肩車なんて久しぶりなんでちょっと恥ずかしいです……」

「…………なんのつもりだ」

「これならドラゴンに噛みつかれてもお前が対処できるだろう。さぁ始めるぞ。ミコ」

「はいっ！」

どうやら始まるらしい。だが、一体どうやって次元の狭間からドラゴンないし、それに準ずるものを呼び出そうと言うのだろうか。しかし、答えはあまりに単純かつ原始的なものであった。

「スゥーーー。ドラゴンさぁぁぁん!!　お友達になって下さぁぁぁぁぁい!!」

「えぇぇー……」

俺の頭の上でミコは叫んだ。力の限り叫んだのだ。これで本当にいいのか、エメリアの顔を窺うが、エメリアは不敵に笑って満足そうに頷いている。そして、つらつらと理屈を語りはじめた。

「フッ。ミコがふざけていると思うか？　実は案外これは理に適っている。次元の狭間は非常に広大なのはさっきも言ったな？　それにこの中では時間や空間がどう捻じ曲がっているか分からん。そんな不思議空間に住んでる超常生物を無理やり捕まえるなど不可能だ。それにドラゴンの説明で古い種族は――」

「人語を理解する……」

「そうだ、なら呼びかけに応じてもらうのが一番手っ取り早いだろう？」

「……まぁ確かにそれはそうだが――」

頭上ではミコが一心不乱に何度も何度も呼びかけを続けている。それは決してふざけているようには見えない。この二人は本気でこの方法で召喚しようとしているのだ。

「ジェイド、新しい方法が見つかったからと言って、一日で研究が完成することなど滅多にあるものじゃない。なんでも無理だ、バカだと言う前に試してみる。試してダメだったら、もっとバカなことを試してみる。その積み重ねの上に今日があるんだ」

エメリアは自虐でも悲観的でもなく平然と今日失敗するということを受け入れていた。恐らく、毎日失敗を繰り返し、それを検証し、また考察し、という実験を繰り返してきたのだろう。そこには研究者としての芯とプライドが見てとれた。

「まったく、いちいちカッコいいよ。お前は」

そしてそんな同級生で腐れ縁の友人に俺はやはり尊敬の念を抱くのであった。

☆

「ドラゴンさぁーーーん!!　いじめないから出てきてくださぁーーーい!!」

「ぶっ」

あれからミコは叫び続けているのだが、気を引くために色々な誘い文句を使っている。今のはあろうことか、ものすごく強いと予想されるドラゴンをいじめないから出てきて下さいと言ったのだ。これには俺も吹き出したし、周りのみんなも苦笑だ。

そしてミコが呼びかけ始める頃は不気味だった穴も慣れてきてしまったせいか、なんとなく近くの草むらで猫を探すような気軽さに思えてきてしまう。だからというわけではないが俺はミコに手伝いを申し出た。

「よしっ、ミコ、先生も手伝おう」

「え、ありがとうございます！　じゃあ早速一緒に叫――」

「いや待て待て待て。何も一緒に呼ぶだけが手伝うってことじゃないぞ？」

「？」

ミコは一体何を手伝うのか分からないのだろう。頭の上から戸惑っているのが伝わってくる。

「それはな、こうだ。アクシオ――ナージュ」

二音節の自然操作系魔法を唱える。この魔法の効果は魔法陣を通過するとエネルギーが増幅するというもの。右手の先に浮かべたこの魔法陣をミコの顔の前に持っていき、拡声器にするということだ。

「あっ、なるほど。これなら遠くまで声が聞こえますね！」

「二音節魔法だから習っていない筈なんだがな」

俺が説明せずともこの魔法を理解していたミコが嬉しそうに声を上げる。

「さて、じゃあ次はとっておきだ。ディセット――ナージュ」

「え……」

俺は次に左手の先に魔法陣を浮かべた。この魔法は先程の魔法と似ており、エネルギー減衰を防ぐ魔法なのだが、ミコは恐らくこれも知っているだろう。

「ミコ？　この魔法は知っているか？」

「はい、エネルギー保存の魔法ですよね……。いや、でもそれよりせんせー、両手で……」

「おい、ジェイドお前まさか……」

驚いたのはミコだけではない。エメリアを始め、アゼルやフェイロ先生も目を見開いている。

「あぁ、器用だろ？　まぁ二音節魔法までだけどな。で、これを合成っと」

そして俺は両手の魔法陣を一つに重ね、別の魔法陣へと変貌させる。

「え？　一枚に……なった？　合成魔法……ですか？　これ」

「ジェイド、お前こんなところでなんてものを……」

ミコとエメリアが驚きに顔を染める。数少ない合成魔法の一つが丁度使えるため、披露してしまったが、わなわなと震えるエメリアを見る限り、少しだけ軽率だったかと後悔する。

「まぁ、今はそれよりドラゴンを召喚だろ？」

「……そうだな。だが、私の前で合成魔法を使ったのだから覚悟はできているんだろうな？　レポートにまとめて提出しろ。字数の制限はないが、私が納得し、満足いくものを寄越せ」

「へーい……」

エメリアが納得し、満足いくもの？　そんなレポートを書けるものが一体何人いるというのだろうか。俺はおざなりに返事を返しておく。

「チッ。私の研究を一つ完成させておいて、ふてぶてしい態度だな。レポートを出さないつもりなら、ミコは返さんぞ」

「えっ、エメリア様の下で研究のお手伝いさせてもらえるんですかっ!?　せんせー絶対レポート出しちゃダメですよ！」

「……いや、ミコ真に受けるな。あくまで冗談――」

「だと思うか？」

「…………」

本気か？　この女、本気で俺の生徒を拉致しようと言うのか？　いや、しかしミコ自身は乗り気だし、公爵家の力を使えば……。

「分かった……。時間は掛かるだろうが、俺の使える合成魔法をまとめてレポートにして提出することを約束しよう……」

「ふむ。分かればいい」

「むー」

満足げに頷くエメリアと不満げな声を上げるミコ。いや、ミコは喜ぶべきところだと思うのだが……。

「さて、遊んでいる場合じゃないな。ミコ、この魔法陣を通して呼び掛けてみるんだ。さっきより何十倍も遠くまで声が届くはずだ」

「はい！　じゃあミコもとっておきの秘策をここで使いますっ！」

そう言うとミコは背負っていたリュックの中からガソゴソと何かを探し始めたようだ。

「あ、ありました。ありました」

「何を使うんだ？」

「フフ、これです」

ミコはそう言って、俺の顔の前に包みを持ってくる。ほのかに甘い匂いが漂う。

「……お菓子、か？」

「正解ですっ。というわけで、ドラゴンさぁーーーん!!　クッキー食べませんかぁーーー!?　美味しいですよーーー!!」

どうやらミコはドラゴンをクッキーで釣る作戦のようだ。ただ、ドラゴンのサイズ感的にクッキーに興味を示すとは考えにくい。恐らく肉食であろうから、俺たちの方がよっぽど餌なのでは、とすら思ってしまう。

「いいか、ジェイド。何度も言うが常識は捨てろ。ドラゴンの好物がクッキーである可能性もゼロではない。ゼロでないなら試してみる。大事なほほあ。ひあ、ひかひ美味いな、このクッキー」

とか言いながら大事な召喚媒体であるクッキーをモソモソと食べ始めてしまうあたり、エメリアもクッキーで釣れるとは思っていないのだろう。

「えへへ、これミコが焼いたんですっ！　はい、せんせーも。アゼル様とフェイロ先生もどうぞ」

折角ミコがくれると言ったので、ミコを地面に降ろし、俺たちは五人一緒になってクッキーをモソモソと食べ始める。確かに美味い。

そして、五人で次元の穴を見つめ、クッキーを咀嚼していた時、それは誰もが気を抜いてしまっていた瞬間に起こった。

「キューーーー!!」

一瞬のことであった。それはゲートの向こうから物凄い速さでパタパタと飛来し、ミコの顔に張り付いたのだ。俺は慌ててミコからそれを剥がそうとする。だが、それはがっちりと爪をミコの肩に食い込ませており、無理やり剥がせば、ミコの肩が抉れてしまい、重傷になりかねない状況だ。

「チッ。ミコ動くなよ。今、爪を剥がしていく」

「せんせー、待って下さいっ！」

俺は慎重にミコの肩とそれの足の爪を持ち、ゆっくり剥がそうとしたところでミコに止められる。

そのあまりの強い口調に一度手を止めてしまう。

「ドラゴンさんですよね？　わたしはミコって言います。ドラゴンさんとお友達になりたくて、呼びました。はい、お近づきのしるしにクッキーをどうぞ」

ミコの肩からは血が流れている。だが、ミコは平然と冷静にそれを受け入れ、優しい声で話しかけながら、クッキーを差し出す。

「キュー？　キュキュ～」

それは何度か短く鳴いた後、ミコの差し出したクッキーへ短い首を伸ばし、パクリと食べた。俺たちと同じようにモソモソと咀嚼して飲み込んでいる。そしてもう一鳴き。ミコは再度クッキーを差し出す。

「わ、良かったっ。じゃあ、キューちゃんって呼んでもいい？　うん、ありがとう。私はミコって言うの。うん、ゆっくり食べて？」

キューキューと何やら鳴いているソレにミコがそう言うと、肩に食い込んでいた爪はゆっくりと離れる。そしてパタパタと翼をはためかせ、宙に浮遊したところでようやくどんな姿かが分かった。つぶらな青い瞳、二本の小さな角、白い鱗と皮膜のついた翼、くるりと丸められた短い尻尾、雰囲気としては四つ足爬虫類に似ている。確かにドラゴンの特徴に一致する部分もある。だが――。

「……小さいな」

二十メートルだと思っていたドラゴンは、僅か五十センチ程であり、浮遊している姿を見る限り、獰猛さの欠片もない愛くるしさで、クッキーを美味しそうに頬張っているのだ。

「と、それよりミコ、肩は――」

今は浮遊しているチビドラゴンより、ミコの肩である。俺は慌てて、傷口を確かめるが――。

「傷が……ない？」

確かに服は切り裂かれており、その周りは血によって赤く染まっている。だが、肝心の肌には一切の傷がなかった。

「えと、せんせー。痛くもないです」

「そ、そうか……」

一体何が起こったのかは分からないが、ミコに怪我がないのであれば、ひとまず良しとしておく。となると問題はこっちのチビドラゴンだ。

「ミコ、これはドラゴンなのか？」

「はい、ドラゴンさんですよ。赤ちゃんの頃は小さいって聞きましたし」

あー、なるほど、幼体ということか。それなら納得だ。

「って、エメリアさっきから黙っているが、どうしたんだ？　次元の狭間からドラゴンを呼び出すのに成功したんだから喜ばないのか？」

先程から固まったまま、微動だにしないエメリアの顔を覗き込み、話しかける。

「おーい」

あ、ようやく動いた。

「つ……捕まえてくれ……」

エメリアはわなわなと震えながらなんとか腕を持ち上げ、ドラゴンを指さす。ドラゴンはビクリと身体を震わせ、右往左往し始めた。

「？　捕まえればいいんだな？　チビドラゴン君、痛くしないからジッとしていてくれよ？」

余裕がないエメリアはそれ以上言葉を紡げず、動けないようだ。なので、代わりに俺が捕まえようと、右へパタパタ、左へパタパタ揺れ動くドラゴンへとにじり寄る。にじり……にじり……。

「だ、ダメですっ！　キューちゃんが怖がってます。やめて下さい！」

だが、あと一歩というところでミコが間にバッと入り、腕を広げて睨んでくる。

「キュ～」

ドラゴンはそんな俺から隠れるようにミコの背中にピタリと張り付いた。悪者はどう見ても俺のような絵に苦笑いを浮かべてしまう。

「……いや、ミコ。別に先生だって無理やり捕まえたいとは思っていない。ミコの方でその、キューちゃんを捕まえてくれないか？」

とりあえずこのままだとミコからずっと睨まれ続け、嫌われてしまうため俺は一歩下がり、両手を挙げて降参だと伝える。

「……捕まえるって言い方がイヤです」

えぇー……。召喚ってそういうことじゃないのか？　俺は純粋な疑問としてそんな考えが出てきてしまうが、それをミコに言ったら余計怒らせてしまうだろう。俺は困った顔でエメリアに縋る。

「……ミコ。やけに自信満々にキューちゃんと呼んだが、理由を教えてくれないか」

ようやくまともに喋れるようになったエメリアが真剣な表情でミコにそう聞く。

「え？　エメリア様は聞こえないんですか？」

「もしや、ミコはそのドラゴンの声がこちらの言語として理解できているのか？」

「……えと、はい」

驚きだ。俺はてっきりキューキュー鳴くからキューちゃんと勝手にミコが名前をつけたと思っていたが、どうやらミコにはキューちゃんの言葉が分かるらしい。

「……ミコ、通訳してくれ。まず、私の言葉は理解できるか尋ねてくれないか？」

「キュー」

「分かってるよー。って言ってます……」

どうやらキューちゃんの方ではミコだけではなく、俺たちの言葉を理解できているようだ。

「あー、エメリア、とりあえず、質問攻めの前にみんなを呼んでもいいか？　その、すごくキューちゃんに会わせろというオーラを感じる。特にそのベルじぃ辺りから」

「ベルじぃか……。いいだろう。アゼル頼んだぞ」

コクリ。その言葉にアゼルは頷き、待機していた防護室から全員を連れ出してくる。

「ミコ、すごいおめでとう」

「ミコ、おめでとう。夢が叶って良かったわね」

「えへへ、ありがとう。みんなに紹介するね。ぇぇと、ドラゴンのキューエルちゃんです」

キューエルちゃん。どうやら女の子のようだ。そう言われてみると、どことなく目がキラキラしていて、女の子っぽく見えてくるから不思議だ。そしてミコにはみんなからお祝いの言葉が贈られる。

その中でもアマネがまず興味津々にミコの背中に張り付いたままのキューちゃんに一歩近づいた。

「白、キュー……。あなたはもしかして私たちを魔法少女にするために現れた？　この次元の存続を管理する的な役割はある？」

「キュキュキュキュー」

「あはは、アマネちゃん。ごめんね？　キューちゃんがわけが分からないよ、だって」

「……それは分かってるやつ？」

「『？』」

ミコとアマネとキューちゃんはなんだか噛み合わない会話を繰り広げ、三人で首を傾げている。次に近づいたのは陛下だ。こんなウキウキとした陛下は俺が宮廷魔法師をしていた頃には見たこともない。王族にもプライベートの顔があるということだ。

「ほぅ。これはすごい。とんでもない瞬間に立ち会えたもんじゃな。やはり長生きはするものじゃ、ワハハハハハッ!!」

「おじいさん、あまり豪快に笑いますと、キューエルさんが怯えてしまいますよ。それに――」

「ハハッ――ハウアッ!?」

「腰にも響きますよ。って手遅れのようですね。フフ。困った人だこと」

「もう、おじいちゃん、はしゃぎすぎ。恥ずかしいからやめてよ……」

と、皆が和気藹々と未知の生物との遭遇に興奮している。だが、そんな中、浮かない顔を浮かべている者が一人いた。

「どうした、レオ？」

「え、いや……。その、召喚魔法ってもっとデカくて、ゴツくて、強そうな奴が出てくるかなって――

「いたっ、いたっ」

と、レオが少年みたいなこと――いや、少年なのだが――を言った途端、キューちゃんが一鳴きし、ミコの背中からバッと飛び出した。そしてレオの後頭部を翼ではたく、はたく。反射的に体が動きそうになるが、殺意を感じなかったため、グッと堪える。フェイロ先生とアゼルも一瞬で闘気を静め、様子を窺うことにしたようだ。

「キューちゃん、やめてあげてっ。ほら、レオ君謝ってっ！」

「いてっ、やめろよっ！　謝るって何をだよ！」

「キューちゃんを弱いって言ったことだよ！」

「分かった、分かったって！　弱いって言ってごめんなさいっ！　ほら、これでいいだ――わぷっ」

レオが平謝りをすると、どうやらそのニュアンスまで理解できてるらしく、レオの顔の前に回りこみ、尻尾でサマーソルトを決める。あれは痛そうだ。

「キュキュー」

「これに懲りたら、エルのことを弱いなんて言わないように、だって」

なんとなくミコまで得意げな様子だ。そしてキューちゃんと笑い合っている。一方、うずくまって、顎を押さえているレオのところには――。

「ふむ、小僧。良いか？　見た目や上っ面だけを見て、見下しているうちは強くはなれんぞ？　まぁ、じゃが誇るがいい。小僧、お前がこの世界で初めてドラゴンに喧嘩を売った男じゃ、ワハハハッ!!」

「あと、おじいちゃんに付け足すなら、初めてドラゴンに負けたのもアンタね。キューちゃん、このバカガキが失礼なこと言ってゴメンね。スッキリしたわ。ボコボコにしてくれてありがとう」

陛下とエレナが容赦なく追い打ちをかけるのであった。なんとなくこの二人の性格は似ているのかも知れない。フェイロ先生と目を合わすと、苦笑いで肩をすくめ合う。

「……それで、現時点でキューエル君の言葉を理解できる者はミコ以外にいるか？」

と、ここにも一人浮かれていない研究者がいた。エメリアは真剣な表情で全員を見回す。だが、皆首を横に振るばかりだ。

「そうか。まぁいい、なぜミコだけ言葉が分かるかは置いておこう。少しキューエル君と話をしたい。研究所に来てはもらえないだろうか？」

「キュ～」

これはミコじゃなくても分かる。拒否の反応だ。エメリアはミコの目を見て何と言ったのか教えてくれとせがむ。

「えと、あんまり長い間戻らないとパパとママが心配するからダメだって」

パパと……ママ？　まぁそれはそうだろう。勝手に地面から生えてくるわけでもなさそうだ。両親がいてもおかしくない。

「あ、あの……」

「ミーナ先生？」

それを聞いた途端、先程までニコニコしていたミーナが急に青ざめ、手を挙げる。その異様な雰囲気に俺は何事かとミーナの名前を口にするが――。

「すみません、そのドラゴンという種族を知らないんですが、キューちゃんのパパとママはどのくらいの大きさなんでしょうか？」

「キュ、キュ～♪」

ミーナの口から出た疑問は俺たちを凍らせるのには十分であった。そしてその通り、俺たちはそこに縫い付けられたように、楽し気に飛ぶキューちゃんを目で追うことしかできなかった。

「こ、ここから、ここくらいまで、だそうです……」

二十メートル？　とんでもない。その倍以上の五十メートルはある。それが真実かどうかは分からない。だが、少なくともその半分を下回ることはないだろう。五十メートル級の飛翔能力を持つ、高度知的魔獣？　それはマズイ。

「エメリア」

俺はすぐさまエメリアにキューちゃんを帰した方が良いと目で伝える。

「うむ。一旦、ここで召喚は中止だ。キューエル君、遠いところを呼んですまなかったね。家に帰って――」

エメリアも同感だったようで、すぐにキューちゃんを帰そうとする。が、そこで事態は悪い方へと転がってしまったようだ。先程まで晴れていた空が急に薄暗くなる。そしてビリビリと大気が震え始めたのだ。

「エメリア様、これって――」

ミコは切羽詰まった声でエメリアを呼ぶ。この現象に心当たりがあるらしい。エメリアは覚悟を決めた表情で頷いた。

「次元震動だな。どうやら手遅れだったようだ。パパとママに怒られたくない者は全員防護室へ退避しろ。ジェイド――」

コクリ。俺はすぐにエメリアの意図を理解する。あの部屋の内部に防御結界を張る。それを維持するのはエメリアの役目だ。

「七音節だ」

俺はエメリアに今から張る結界の規模を教える。結界魔法、俺が最初に作った七音節魔法だ。

「……フン。上等だ」

ミーナはアマネとレオの手を引っ張って、急いで防護室へと走る。陛下とローザ様も真剣な表情でエレナを連れて、防護室へと入っていった。

「ミコ、キューちゃんと一緒に入ってるんだ」

「でも、そんなことしたら――」

「頼む」

「……分かりました」

そして、俺は怒鳴るわけではないが、有無を言わさぬ圧力を持ってそう言い、ミコとキューちゃんも防護室へと入れた。今から現れるであろうキューちゃんの両親にこちらの言語が分かるのであれば、和解を求めるつもりだが、決裂した場合ここにミコを残しておいてはマズイ。

そして避難すべき者が全て収まった時点でエメリアが防護室の中央に立つ。俺はそれを見届け、自身の右手に――。

「黒杖アヌビス招来」

空間転移魔法陣をその杖身に刻まれた黒杖アヌビスを召喚する。黒い杖身に金色の魔言が装飾された愛武器が魔法陣からゆっくりと降りてくる。

「記憶復元、設置魔法陣発動、『拒絶する七壁《セフィラス》』」

そして、それを手に取ると、すぐさまアヌビスに記憶されている魔法陣を復元する。七音節結界魔法『拒絶する七壁《セフィラス》』だ。防護室の床に巨大な魔法陣が描かれる。そして壁の内側に七枚の結界が生まれ、一枚に合わさった。

「なるほど、大したものだ。これを維持するのは少しばかり疲れそうだな。銀の魔導書《アリアローザ》」

そう呟くエメリアの手元には、古びた革表紙に銀の刺繍が施された魔導書、アリアローザが浮かんでいる。そして魔導書はものすごい速さでひとりでにパラパラと開き始めると、ページが幾枚も宙へと舞う。

「換装――紫の魔女《ヴァイオレット》」

エメリアの身体の周りを浮遊していたページたちが、その言葉を引き金に一斉にエメリアの身体に纏わりつく。そして一瞬発光し、その光が収まった時には、エメリアの身体を包んでいた白衣は消え去り、紫のドレスへと変化《へんげ》していた。

「魔法陣解読――魔動力変換。魔力回路開放――実行。『捻じ曲げる理《ドミナリオン》』」

エメリアが『拒絶する七壁《セフィラス》』の魔法陣を読み解き、その魔力の供給源を自分へと移し、引き継いだ。

こんなことができるのはこの世界でエメリアだけだろう。銀の魔女——魔法の理をも自分の支配下に置くバケモノだ。

「ジェイド、任せろ。死んでもこの結界は維持する」

「頼んだ」

俺はエメリアにそう言うと、こちらに残っているアゼルとフェイロ先生に視線を向ける。

「どうするつもりだ？」

「……当然、話して分かってもらうつもりさ」

アゼルは虚空を睨み、腰の双剣の柄に手を掛けている。話し合いでとは言っているが、それでは済まないであろう圧倒的なプレッシャーがヒビ割れた空間から漏れ出てきている。

「……では、決裂した時の場合を想定して、対応方法を共有しておきたいのですが？」

フェイロ先生だ。いつもの笑顔は消え、真剣な表情でそう言ってくる。

「キューちゃんをこっちへ呼び寄せたのは俺たちです。その勝手で親を失うという事態には——」

「なるほど。良かった、先に共有を提案して。ジェイド先生？」

フェイロ先生は今回剣を持ってきていない。というよりは、フェイロ先生の剣というのは見たことがなかった。そして無手のフェイロ先生と交渉が決裂した場合について意見を言う。俺が伝えたかったのはキューちゃんの両親を殺すことだけは避けたいということ。だが、フェイロ先生はニコリと笑い、俺の方へ一歩近づくと——。

「フェイロ先生？　ガハッ——」

頬を殴ってきた。一体何が起こったか分からなかったため、目を白黒させてしまう。

「目が覚めましたか？　今から現れるのは人間という種族の上位にいるであろうドラゴンという種族です。そのサイズ差は戦いというものが成立するのか考えるのもバカバカしくなる程でしょう。それに対して手心を加えるつもりですか？　私たちが死ぬ分には構いません。ですが、私たちが死ねば、あそこにいる者たちも死にます。それで怒りが収まらなければ世界が滅ぶかも知れません。キューエルさんを呼び出した時点で賽は振られてしまっているんです。結果に責任は持ちましょう。私たちは交渉が決裂した場合、命を賭してドラゴンを殺すんです。その結果背負う罪悪感から逃げようなんてムシのいい話はありませんよ」

へたりこんだ俺の上からフェイロ先生が無感情な声で切々とそう告げる。何も反論できなかった。確かに俺はここでドラゴンを殺すという選択肢を取る自分を許せそうにない。だが、そんなものは些細な問題だとフェイロ先生はそう言う。

「いきなり殴ってすみませんでした」

「いえ……、こちらこそ甘えたことを言ってすみません」

フェイロ先生が差し出した手を握り、立ち上がる。

「……では、私も武器を用意しておくので、少し離れてて下さい」

フェイロ先生の武器……。どのように用意するのかは分からないが、俺とアゼルは言われた通り下がる。アゼルはその時、なぜか両手で耳を塞ぎ、目を閉じた。そして、なぜそんなことをしたのかは、直後に分かる。

「招雷」

フェイロ先生のその言葉の後、強烈な光と轟音が響き渡る。

「あ、すみません。目と耳を塞いでいた方がいいとジェイド先生に伝え忘れてしまいましたね。すみません。って聞こえていないですかね」

フェイロ先生が何事か喋っているようだが、耳はキーンという耳鳴りが続いており、音を認識できない。視力も一時的に奪われており、回復した時には煙の中から地面に突き刺さる一本の大剣が見えた。

「これは……？」

「雷咆《らいほう》剣ヴィシュヌです」

なるほど。これが雷音《らいおん》と呼ばれる由来になった剣か。俺たちが三傑と呼ばれる前、この国には一人の守護者がいた。大いなる牙を持つ獅子――雷音。フェイロ先生、その人だ。

「隊長、ジェイド、来るぞ」

フェイロ先生がそれを軽々と片手で担いだ時、先程から虚空に走っていた亀裂がピシリピシリと剥がれ始め、そしてとうとう――。

「……あれはパパだろうか、ママだろうか」

遥か上空。地上から数百メートルだろうか。空が割れた。そう表現するほかない。俺たちが見上げるその穴からはゆっくりと尻尾らしきものが生えてきた。何もない空間というのは距離感が掴みづらいな、などと現実から逃避するように余計な考えが頭をよぎっている間に、ゆっくり、ゆっくりとソレは降りてきて、遂に全貌が明らかになる。ソレは一頭の真っ白いドラゴンであった。翼を広げた姿は百メートルを優に超えるだろう。フェイロ先生の言葉通り、これは人間が対峙しようなどと考えるのも烏滸がましい絶対的上位にいる生物だ。

それは翼を幾度か羽ばたかせ、地面に降り立つと、こちらを睨んでくる。鱗一枚の厚さは一体どれ程のものだろうか、爪は何トンだろうか、尻尾の薙ぎ払いに俺の張った結界は耐えられるのだろうか。

口の中がカラカラに渇き、手に汗が滲むのが分かる。

『……また人間か、愚かなものだ。まったくもって理解できない。なぜ、そうも我らに干渉したがる……』

低い声がその口から発せられる。どうやら父親のようだ。その声からは落胆と蔑みが色濃く表れていた。

『さて、人間？　貴様らの考えなどはどうでもいい。重要な点は二つ。貴様らが娘を攫ったこと。それに対して我は怒っているということだ』

その言葉とともに怒気が放たれる。それだけで気が遠くなりそうだった。俺は唇を強く噛み、意識を保ち、体が震えないよう必死に全身に力を入れる。そして俺は遥か高みにいるドラゴンに対して言葉をかける。

「キューエルさんを呼び寄せたのは俺だ。勝手に連れてきてしまったことに関しては謝る。すまないっ。危害は加えていない。当然、そちらに帰すつもりだ」

俺は腹の底から声を出し、ドラゴンにそう伝える。ドラゴンの目がギョロリとこちらを向いた。

『すまない、だと？　次元を超える移動だぞ？　貴様らは帰し方を知っているのか？　万が一知っていたとして、その方法が失敗したらどうだ？　危害は加えていないなどとよくのうのうと言えたものだ。エルに何かあったらこの世界は既に滅んでおるわ。それをふまえて貴様に尋ねよう。すまないで済むと思っているのか？』

一理どころではない。理は全て向こうにある。俺たちは偶然の上で呼び出したまでだ。同じところに帰せるかは分からないし、方法もキューちゃんを先ほど開いた次元の狭間に帰せばそれで済むと思っていた。確かに無責任である。そんな状況で謝罪の言葉一つで済ますのは無理だろう。となれば――。

「ドラゴンよ。それでも再度言おう。すまない、と。そしてこの償い、俺の命一つで許してもらえないだろうか」

「「…………」」

アゼルとフェイロ先生が俺を睨んできたのが分かる。だが、三人で挑んでも勝てる確率など考えるのもバカらしくなるのだから仕方がない。俺の命一つで、アゼルが、フェイロ先生が、生徒たちが、陛下たちが、ミーナが助かるのならば決して高い代償ではない。

『ふむ……。そうだな……』

ドラゴンは人間くさい動作――顎を手で撫ぜ、首を傾げ逡巡した様子を見せる。そして――。

『断る』

次の瞬間、ニヤリと一瞬口角が上がったのと同時に、まったく反応できない速度で強靭な尾が振るわれた。その先端部分が向かった先は俺たちではない。みんなのいる防護室だ。

『ほぅ……』

防護室のガラスは薄氷のように簡単に砕け散り、辺りに氷の結晶のように舞った。その白塵が晴れた後、そこに結界が残っているのを確認できるまで俺の心臓は破裂せんばかりであった。

『手加減した上に僅かに反らされたか……とは言え、我の一撃を防ぐとは中々の結界ではないか。おい、黒髪。あれは貴様が張ったのか？』

コクリ。俺はゆっくりと頷く。

『ふむ。そうか。そして金髪と蒼髪、貴様らも人間にしては中々の反応速度だ』

「えぇ、できれば次からは尻尾を振るいますと宣言してからお願いしますね？」

「隊長ッ！」

見れば、アゼルとフェイロ先生が結界の前で剣を構えている。反らしたということは、あの尾の速度に反応し、それを剣で弾いたということだろう。俺は反応すらできなかったということは、身体能力では、この二人の足元にとてもじゃないが及ばないということだ。

『ガハハハハッ。おい、金髪。人間にしては肝が据わってるじゃないか。だが、あまり調子に乗るなよ？　おい、黒髪、あの結界を解け。あの中には我が娘がいる。我も本気で尾を振りたくはないのだ。分かるな？』

ギロリと睨みながら最後通牒を言い渡すドラゴン。解かなければ殺される。だが、戦闘になった際、結界の中の人たちを全員連れて逃げることは不可能だろう。俺は迷ってしまった。

『ふむ。懸命だ』

だが俺が迷っている間に結界は解除されてしまっている。発動させたのは俺だが、それを維持しているのはエメリアだ。それはつまりエメリアが結界を解除するという選択をとったということ。それに対して肯定も非難もできない自分が只々情けない。そしてそんな俺の横をキューちゃんが勢いよく飛んでいった。向かう先は父親のもとだ。

「キュー!!」

そしてキューちゃんは父親の顔の前でパタパタと浮遊すると力強い声で何かを訴えている。

『……ふむ。エル、お前はまだ外の世界を知らないだけだ。初めて出会う外の者たちは新鮮に映っただろう。裏切られることを知らないお前には周りのもの全てが良き友人に思えただろう』

「キュー、キュー!!」

『あぁ、お前と言葉を交わすことのできる少女は純粋無垢で善人やも知れぬ。だが、それを取り巻く人間たちはどうだろうか。その少女を騙して、お前を呼び出そうとした人間がいるかも知れぬ。現にこの装置は次元に穴を開けるため、我らの生活を脅かすための道具だ』

どうやらキューちゃんは俺たちを庇ってくれているようだ。だが、ドラゴンは頑なにキューちゃんの庇う相手のことを、人間のことを信用することはなかった。

「私だ。私がこの施設の責任者であり、召喚魔法の研究をしていた者だ。名をエメリア＝オルガという。貴殿の言う通り、この装置は次元に穴を開け、異世界の生物を捕獲し、研究するという目的で作った。諸悪の根源は私だ。この者たちは言葉巧みに協力を強いて騙されたものたちに過ぎない。責任は私が取ろう」

「エメリア様っ!! ダメですっ!! エメリア様はこの国にとって必要な人です!! パパさんっ！ 私が、ミコがキューちゃんを誘い出しちゃったんです！ ごめんなさいっ！ ミコの命で——」

「ミコちゃん、バカなことは言わないで。これは大人の責任です。あなたたち生徒たちには何の責任もありません。後ろに隠れていなさい」

エメリアがドラゴンの前に歩いていく。ミコはミーナによって無理やり、引き下がらせる。ドラゴンはそれをジッと見つめており、動く気配はない。

「ふむ、ドラゴンよ。そう退屈そうにするでない。まずは名乗ろう。わしはベルクード＝ウィンダム。この者たちの暮らす国の王をしている者じゃ。お主のような災厄級を超すような存在が現れた時、陣頭指揮を取るものじゃな。要求を聞こう」

そこにいたのは俺がいつも見てきた陛下の姿だった。ベルじぃではなくベルクード陛下。そして陛下は国の長として、ドラゴンと交渉をするつもりであった。

『ふむ……。なるほど、中々の貫禄だ。たかだか数十年生きただけで醸し出されるソレとしては上等だな。面白い、面白い人間が揃っているのは認めよう。して、王と名乗った男よ。我の要求であったな？ 我が欲しいものは金でも酒でも、まして人の命でもない。……安寧だ。我らの生活に干渉してくる可能性があるものは全て排除したいのだよ』

ドラゴンは徐々に闘気を高め始める。干渉してくる可能性のあるもの。その範囲がこの施設なのか、施設を作ったエメリアなのか、それを有する国なのか、はたまたその可能性へと辿り着く可能性を持つ人間なのか。だが、少なくともここにいる者の命の一つや二つで済むとは思えない。

「なるほどのぅ。デカい図体の割には気が小さいようじゃな」

『……なんだと?』

「陛下ッ!!」

まさか陛下がドラゴンを挑発するとは思っていなかったため、俺はつい反射的に声を荒げてしまう。だが、陛下はそんな俺を目で制し、尚も一人ドラゴンへと近づいていき、挑発的な言葉を続けたのだ。

「先ほど、お主は娘に対し、外の世界を知らないと言っておったな。その娘に友人はおるのか? まさか心配だからとカゴに閉じ込めたまま一生を過ごさせるつもりか?」

『……おい、貴様。人間風情が我に対して説教だと? そうでなくともこの国の教えにはないのか? よそ様の教育方針に口を出すな、とな。身の程を知れィッ!!』

激昂したドラゴンの尾が鞭のようにしなり、鎌首をもたげると垂直に振り下ろされる。轟音とともに土煙が舞った。

「お義父さん、あまり無茶はしないで下さい」

「ふんっ。この世界が滅ぶかどうかの瀬戸際じゃ。ここで無茶の一つや二つしないでどうする」

ギリギリでフェイロ先生が陛下を横へ吹き飛ばしたようだ。躱すのが精一杯だったようで、二人とも転がりながら立ち上がった時には傷だらけであった。

「ふぅ、さて、ドラゴンよ。そこで提案じゃ。わしの国へ住まぬか? わしの国は、お主らドラゴンの家族と友好関係を結びたい」

『……ふざけるな。我に対してそこまで傲慢なことを言ってきた奴はここ数千年覚えがない。娘を攫っておいて、何が友好関係だッッ!!』

ドラゴンはイラつきをぶつけるように強く大地を踏みつける。それだけで世界にヒビが入ったのではないかと思うほどの揺れが起こる。

「なら、仕方ない……のぅ。わしの国で強い順に十人並べるとしたら、ここにいる四人はソレに入るじゃろう。お主の目で確かめろ。この人間どもが信じるに足るかを。というわけで、アゼル、エメリア、ジェイド、そしてバカ息子よ。お前たちはこの世界で二番目にドラゴンに喧嘩を売るものたちじゃ。任したぞ」

そう言って陛下はドカリとあぐらをかいて、その場に座り込む。まさかそこで戦いを見届けるというつもりなのだろうか。

「陛下、バカなことやっていないで下がりますよ。じゃあ皆さんの勝利を信じていますから。はい、あなたたちも逃げるわよ。ついてらっしゃい」

そして、一瞬の空気の隙間に入り込むかのように、ローザ様が陛下の襟首を掴むとズルズルと引きずっていく。そして、ミーナもそれに同伴し、生徒たちを避難させる。ドラゴンもこれに対し、後ろから攻撃を仕掛けるつもりはないようだ。

「ほら、ミコちゃん。キューちゃんも危ないからこっちで見てるように呼んであげて」

「え、でも……」

ローザ様は未だ父親の前で何かを訴えているキューちゃんも避難するようミコにそう言う。そして

――。

「大丈夫よ。男の人はね、あそこまで言われちゃうと意地を張っちゃうものよ」

「……分かりました。キューちゃん、危ないからこっちに来てー!!」

ローザ様はこんな時だと言うのに小さく笑ったのだ。そんなローザ様を見てかミコはキューちゃんを大声で呼ぶ。キューちゃんは困ったように父親の前で小さく鳴いた。行っていいかどうかを聞いているのだろう、

『フンッ。少し暴れるからな、向こうへ行ってなさい』

ドラゴンはそれを了承した。キューちゃんは少しホッとしたようにパタパタとミコのところまで飛んでいく。

『ふぅ、我もまだまだ未熟よ。人間の言葉にこうも踊らされるとはな。それで貴様ら四人と我が戦って貴様らが勝てば我がこの国と友好条約を結ぶ? バカげているな。まぁよい。万が一にもそんなことはあり得ないからな。それで我が勝った場合は――』

「次はわしが相手になろう、それでしまいじゃ!!」

『ククク。見上げた王だな。だが不思議と奴の言葉は響く。いいだろう。貴様ら五人の命をもって、この世界に二度とバカな真似はせぬよう教訓とせよ。さて、貴様らも名も知らぬ者に殺されては浮かばれまい。カルナヴァレル。我の名はカルナヴァレルだ』

「ジェイドだ」

「エメリア＝オルガ」

「アゼル＝ハーミット」

「フェイロ＝グリンガム」

『小さき者どもよ。かかってくるがよい』

カルナヴァレルから闘気が噴出される。それだけで辺りには突風が吹き荒れた。

「記憶復元、設置魔法陣発動、『人あらざる者《ヴァージェス》』」

だが俺たちは一切怯むことはない。あとはこの喧嘩に勝って、みんなで笑って帰るだけだ。俺は黒杖を握りしめ、記憶していた魔法陣を発動させる。『人あらざる者』——七音節の身体強化魔法だ。可視化されるほどまで密度を増した魔力が身体を纏う。筋力は当然のこと、その皮膚の耐久性も、各内臓器官も、神経反射速度も、動体視力も、人としてのステージを超越する魔法。故に人あらざる者。

「換装——紅き騎士《スカーレット》」

エメリアの持っていた魔導書が発光すると、先ほどまでの紫のドレスは消え、紅い鎧が全身を覆う。そして、その右手には魔導書の代わりに白銀の槍が握られていた。

「氷双剣センディネル。神化《アーク》」

神器、氷双剣センディネル。神化により、その鞘が白銀の上に蒼が彩られた鎧へと変わる。アゼルの身体の周りには冷気が立ち昇り、空気さえも凍り付いていくようだ。

「帯雷《たいらい》」

フェイロ先生は大剣を頭上へ掲げると、そこへ雷が落ちる。そしてそのまま雷は空気を灼きながらフェイロ先生の身体を這い回るように纏わりつく。

「それで三傑は連携を取れるんで？」

「実は俺たち三人は一緒に戦う機会はないんです。俺は宮廷魔法師、アゼルは王国騎士団。エメリアは国防拠点の管理、指揮ですから」

「なるほど、ではお互い邪魔にならないように気を付けながら、頑張りましょうか。では生きて家族のもとへ帰れるように」

「うむ」

「はい」

俺たち四人は持てる力を全て使い、目の前の強大な喧嘩相手を倒すという気概で睨みつける。

『作戦は決まったか？』

だが、そんな俺たちの全力の闘気を浴びてもカルナヴァラレルはニタリと余裕の笑みを浮かべ、気楽な声で挑発をしてくる。

「あぁ、全員で生きて帰る、だっ」

俺の言葉を合図に四人が同時に駆けた。

「『黒槍乱舞《アンフォギヴン》』」

「貫け――『飛来する死《デスターニア》』」

「氷双結界――『絶対零度領域《ニヴルヘルム》』」

「秘剣――『神断《かみたち》』」

俺の右手からには魔法陣が生まれ、その魔法陣からは幾重にも圧縮された魔力の槍が飛び出していく。エメリアは意思を持つ白銀の槍を投擲し、アゼルはカルナヴァレルの背に双剣を突き立て、直接体の中に魔法を流し込む。体内から全てを凍りつくす結界魔法だ。そして、フェイロ先生は『人あらざる者』の状態でもギリギリ目で追えるかどうかという、まさに雷の如き速さで動き、尻尾を切り落とさんと大剣を振るう。

『ふんっ。防ぐ必要もないわッッ!!』

だが、その一切は鱗を貫くことすらできず、尾の、翼の一撃によって吹き飛ばされてしまう。

「チッ、あの鱗は厄介だな！　エメリアッ！　この岩はッ!?」

「良い案だ。『立ち昇る炎神《フレアデルソ》』」

エメリアが巨大な岩を丸ごと炎で包み、融解していく。濁った灰煙が大量に空へ立ち昇っていく。

「アゼルッ」

「『氷狼の咆哮《コキュートスロア》』」

それを空中で急激に冷やし、酸素、水分と結合させる。これでできたのは――。

「そのご自慢の鱗、溶かさせてもらうぞ。『腐食の流滴《メルギュロス》』」

全てを溶かす雨。ごく狭い範囲に集中して酸の豪雨を降らす。草木も岩も研究施設も白煙を上げ、溶解されていく。その雨の中心にいるのはカルナヴァレルだ。全身が濡れ、その鱗が溶ける音が聞こえてくる。

『……小賢しいな。鬱陶しい雨だ。吹き飛べ』

カルナヴァレルが口を大きく開く。そこへ膨大な魔力が流れ込んでいるのが分かる。そしてその先は雲の中心だ。

「おっと、そのまま水浴びを楽しんで下さいね？　『八破雷麗《はっぱらいれい》』」

フェイロ先生はその首筋目掛けて、幾度も轟音を響かせ、落雷と斬撃を繰り返す。

『チッ、羽虫がッ!!』

カルナヴァレルは鬱陶しそうに手を、翼を、首を振り回す。

「カルナヴァレルとやら？　熱いのは得意かな？」

炎を纏った、エメリアの白銀の槍が投擲される。それはカルナヴァレルの死角であろう背中の翼の付け根に深く突き刺さる。そして白銀の槍は色を変え、朱から赤へ、赤から紅へ、炎の勢いを増しながら赤熱していった。

『チィッ!!　うざったいわッ!!』

カルナヴァレルの瞳孔が細まった。怒りからか鱗が逆立っていく。

「頭を冷やすと良い。『氷の迷宮《ミラーピラー》』」

アゼルによってカルナヴァレルの周りに何枚もの巨大な氷の鏡が張られる。俺たちの姿とカルナヴァレルの姿が無数に複製され、その虚実が奴を惑わす。

『しゃらくさいわッッ!!』

カルナヴァレルは口から魔力の奔流を吐き出し、四方八方の鏡を割っていく。当然、この隙を俺たちが見逃すわけはない。

「黒影――」

「紅蓮――」

「絶氷――」

「界雷――」

――四崩砲ッ。

混ざりあった魔力はドラゴンをも穿つ杭となり、その胸を貫く。間違いなく致命傷だ。

『……何、だとッ』

ズウウウンッ。

その言葉を最後に巨大な体がゆっくりと倒れ、山を削っていく。カルナヴァレルは虚ろな目で天を仰いでいた。

『ガハッ……』

ゴボリと巨大な血の塊を吐く。まだ呼吸はあるようだ。ヒューヒューという空気が漏れていくような呼吸音が聞こえてくる。そして――。

『ガハッ……ガハハハハッ、ガハハハハハハッッ!! 久しぶりの闘争ッ!! 久しぶりの痛みッ!! 心地良いッ、心地良いわッッ!!』

血を吐き出しながら高笑いし、ガバリと立ち上がると、翼を大きく羽ばたかせ浮遊する。胸の傷は既に塞がっていた。

『ふぅ。じゃあ次は我の番だ』

「え」

「ジェイドッ!!」

アゼルの声がずいぶん遠くに聞こえる。カルナヴァレルが尾を振るったのは見えた。避けるには十分な距離があった。だがその尾は俺の背中を強かに打ち付け、何十メートルも吹き飛ばされる。その先端が次元を割って、後ろから振るわれるなど想像できるものがいただろうか。

『一人目。次は――』

「チッ、『氷の迷――』」

『子供騙しはもう十分だ』

「カハッ――」

「「アゼルッ」」

横に振るわれた尾が直前で消え、上から振り下ろされる。その可能性があると分かっていても既に横からの攻撃に反射的に体が構えてしまい、上からの攻撃に対処できずアゼルは潰されてしまう。

『二人目、と。根本的な種族の差というのは残酷だな。貴様らがあの手この手で攻撃を成功させ続けても我はこの通りピンピンしている。対して貴様らは我の尾がちょんと当たっただけでこのザマだ。さて、それといい加減この雨も鬱陶しい』

カルナヴァレルは翼に魔力を篭めて力強く扇ぐ。それだけで雲は散り、光が幾筋も差し込んでくる。

「さて、少しピンチですね……」

「ふむ。虫の息ではあるが、二人は生きているな。あいつらが死なない内にこいつをどうにかしよう。雷音殿が頭にその剣をぶっ刺して雷を流し続ければ気絶でもするんじゃないか?」

「なるほど、簡単に言ってくれますね。ではあの者の四肢と翼、それに尻尾を動かないように拘束して下さいますか？」

「なるほど。その作戦で行くとしよう」

『ククク。あの王がお前たちに任すと言った気持ちが爪の先ほどは分かった気がするわ』

☆

「ジェイドッ!!」

戦いに巻き込まれないよう離れ、雨で視界が悪くなっても私からジェイドの姿は見えていた。そして吹き飛ばされるところも。

「陛下ッ、四人が死んでしまいますっ!!　私たちに、私たちにできることはないんですかっ!?」

陛下だと明かされても礼節など頭から吹き飛んでおり、私は陛下に対して声を荒げてしまう。

「……鍵を握るのはその子じゃ」

「キュ？」

陛下は冷静にそう言うと、ミコちゃんの胸に抱かれているキューちゃんを指さした。

「どういうことでしょうか……」

私もそれに倣い、努めて冷静に振舞う。今、私が喚いても仕方がない。何かできることがあるならば、冷静な頭で失敗のないよう実行しなければならないのだから。

「わしはどうも疑問に思っていたのじゃが、なぜ母親は一緒に現れない？」

「母親……」

確かに、いまだに母親は現れる気配がない。だが、それは不幸中の幸いでは？　あんなのが二体もいれば——。

「そうではない。もしや、これは父親の勇み足ではないか、とな。となれば——」

「逆にこちらから母親を呼ぶ——キューちゃん、あなたのお母さんはどんな人ッ⁉」

「キュ？　キュキュ～」

「えと、優しくて、ふわふわしてて、あたたかいって言ってます」

これは陛下の予想が正しいのかも知れない。だとしたら止める鍵は母親——。

「ミーナさん？　でもそれはあなたが考えている通り、同時にリスクを増やすということでもあるの。現時点での最悪の被害はここにいる陛下を含めて五人の命だけ。それだけで済むの」

「……ッ」

私は下唇を噛む。世界が滅ぶくらいなら五人の命であれば安いと言われたことに、自分がそれでもジェイドたちを助けたいから、世界を天秤に掛けてでも母親を呼び出したいと思っているバカさ加減に。

「ローザ、あまり苛めてやるな。その天秤は可哀そうじゃよ。それにお前自身が責任を背負いこもうとするでない。今はすべて上手くいく方法を模索し、懸けてみる時じゃ。それで母親がこの国を、世界を滅ぼしたなら歴史上もっとも愚かな王として、あの世で全員に頭を下げにいこう」

「キュキュー!!」

「わっ、キューちゃん、やめてあげてっ。あの、キューちゃんのママさんはそんなことしないって怒ってますっ」

キューちゃんは陛下の右腕に噛みついている。陛下はそれに対し、何の反応も見せず、ふわりと笑うと――。

「あぁ、そうじゃな。きっとキューエル君の母親は優しくて、あたたかい人なのだろう。次はわしたちがキューエル君を信じる番だ。母親を呼ぼう」

その提案に全員が頷く。

「キューちゃん、お母さんをここに呼べる?」

「キュ、キュ～……」

「……呼び方が分からないって」

キューちゃんは陛下の右腕を離すと申し訳なさそうな顔で項垂れてしまう。同じ表情をしたミコちゃんが言いづらそうに通訳をしてくれた。でもキューちゃんは決して悪くない。

「大丈夫よ。キューちゃん。お母さんの名前を教えて?」

「キュ? キュー」

「フローネさんって言うみたいです」

「そう、フローネさん。うん、可憐で優しい良い名前ね。じゃあ、私呼んできます」

私はドラゴンが割って開けた大きな次元の穴を睨み、足を踏み出す。

「……フン。俺が護衛してやるよ」

「アンタほんとバカね。ちっとも強くないアンタじゃ只の足手まといよ。私が行く」

レオ君とエレナちゃんが護衛を買って出てくれた。

「ミーナ先生、私も土壇場になれば真の力が、きっと。そして一撃であれば気を引くくらいできる……はず」

「ありがとう。レオ君、エレナちゃん、アマネちゃん。でも先生これでも魔法科の先生だから、大丈夫。『風の奏者《セラハーピー》』」

私は三音節の自然操作と身体強化の複合魔法を使う。これで普段の何倍も素早く動ける。

「陛下……、ローザさん、生徒たちを頼みます」

「すまぬな」

「さっきはごめんなさい……。確かに頼まれました」

そして私は駆けていく――。

☆

「………カハッ」

頭が割れるように痛い。ぐるんぐるんと目が回り、吐き気もひどい。手足は冷たく痺れ、視界はボヤけている上に真っ赤だ。

「フェイロ先生、エメリア……」

チラつく視界の中ではフェイロ先生とエメリアが血を流しながら懸命に戦っている。カルナヴァルの体には何本もの白銀の槍が刺さり、所々が黒く焦げている。どうやらエメリアが攻撃を担当し、フェイロ先生が防御を担当しているようだ。

「チッ……。寝ている場合じゃない——」

そう思い、立った瞬間に胃の中身を全てぶちまける。出てきたのは真っ赤な血液だ。どうやら内臓に骨が刺さり、出血しているらしい。『人あらざる者』でなければ死んでいただろう。内臓を修復し、造血細胞を活性化させる。だが、それでもダメージは深刻だ。

「って、ミーナ。何しに——」

ようやく視界が定まり、手足に感覚が戻ったところでものすごい速度でカルナヴァルの元へと走っていくミーナが見えた。俺は慌てて駆け寄り、その手を引き留める。

「何してるんだっ。殺されるぞ⁉」

「それはこっちのセリフ。私は私のやるべきことをやる。ジェイドはそれ以上やられないよう逃げて」

「バッカ‼ 何言って——」

俺の手を振り切り、走りだそうとするミーナに対して、つい声を荒げてしまった。だが、これは悪手であった。

『おいおい、この状況で痴話喧嘩するとは、舐められたものだ。あの世で仲良くするんだなッ』

「グッ。……お二人さん。私もカルナヴァレル氏の言葉に全面的に同意です。それは帰ってからお願いします、よ」

「フェイロ先生ッ」

俺たちに振るわれた尾の一撃はフェイロ先生が弾き反らしてくれた。一体何トンの力で剣を振るっているというのだろうか。フェイロ先生の体からはミシミシと骨が軋む音が聞こえてくる。

「チッ、ミーナ死ぬなよ‼」

「ジェイドこそ」

これ以上ここで棒立ちになり、ミーナと言い争っている時間はない。ミーナはやるべきことをやると言った。なら俺も俺のやるべきことをやるだけだ。

「さて、カルナヴァレル。俺は復活したぞ、第二ラウンドといこうか」

せめて奴の気を引くために俺は無理をして笑みを浮かべ、宣戦布告をする。

「あぁ、ボクも、だ。人間のしぶとさを舐めるなよ」

そしてよろよろと近づいてきて、俺の肩に手を置き、満身創痍で笑うのはアゼルだ。こいつがこんなにボロボロの姿になるのを見るのはいつ以来だろうか。こんな状況なのに、いや、こんな状況だからこそ笑えてくる。

『あぁ、知っている。貴様ら人間のしぶとさだけは嫌というほど味わってきた。そして最後には我がそれを全て喰らいここに立っている。久しぶりの喧嘩だ。まだまだ付き合ってもらうぞッ‼』

☆

「どこへ行く」

私が走っている先にはエメリア様がいた。

「あのドラゴンが開けた次元の穴のところです。母親を呼びます」

「……なるほど。では、遠ざけるように誘導し、気を引こう」

「よろしくお願いします」

エメリア様は短い問答で意図を察してくれようで、戦場へ戻り、次元の穴から少しでもキューちゃんのお父さんを引き離そうとしてくれている。

そして四人は徐々に後退しながら何度も攻撃を重ね、気を引いてくれている。私はなるべく静かに速く、次元の穴の真下まで駆けていった。

「……風の精霊よ。声を運んで――『森の運び手《フクロウ》』」

私は『フローネさん、キューエルさんが呼んでます。来てください』という声を風に乗せ、次元の穴へと放っていく。幾度も幾度も幾度も、魔力が尽きるまで、声が嗄《か》れるまで、届くまで。

幾度目の『森の運び手』を飛び立たせた後だろうか、頭に声が届く。

『こんにちは、人間さん。どうやらうちの主人と娘がお邪魔しているようで、すぐ迎えにあがりますね。離れていて下さい』

「やっ、た……」

声が届いた。涙が溢れて、へたりこんでしまう。

そして頭上からは父親より、細身で一回り小さい白くて綺麗なドラゴンが降りてきた。それは戦場で戦うものたちにも見えたのだろう。一切の音が止む。

『人間さん、ありがとう。さて、アナタ―？　エル―？　二人とも勝手にいなくなっちゃダメでしょー』

そして、先程まで緊迫し、命を削っていた戦場に間延びした声が響く。

『フ、フローネッ！　なぜ、オマエが――』

☆

カルナヴァレルが後ろを振り向き、今しがた現れたドラゴンによって気勢を削がれたのを見て、俺たちは腕をだらりと下す。もはや武器を構える力も残っていない、緊張によって無理やり動いているギリギリの状態だった。どうやら会話の内容を聞く限り、現れたのはキューちゃんの母親だ。

『えと、人間さん。お名前は？』

「ミーナです」

『あら、可愛らしいお名前ね。ミーナちゃんに教えてもらって来れたんです。じゃあ次は私が質問する番です。そちらの方々と随分楽しそうに遊んでましたけど何をしていたんですか？』

どうやらミーナのやるべきこととは、このことだったようだ。そしてフローネさんはニコリと笑ってカルナヴァレルを追及した。

『いや、これは、その、エルを攫った人間どもに、制裁を、だな……』

『エルー。おいで』

『キュー!!』

しどろもどろになって答えるカルナヴァレルに対し、フローネさんはジト目で睨んだ後、キューちゃんを呼んだ。カルナヴァレルの尻尾が小刻みに震えている。

『エルはこの人たちに攫われたの？』

『キュー』

『あら、そう。お菓子を貰って友達になったのね、紹介してくれる？』

『キュキュー』

『フフ、そう。ミコちゃんはいるかしら？』

キューちゃんがミコを紹介したのだろう。離れていた陛下たちと一緒にミコが姿を現す。

「わ、私がミコですっ！　キューちゃんの友達ですっ！」

色々あって感情がぐちゃぐちゃなのだろう。ミコは泣きながら自分の名を名乗り、友達だと宣言した。

『そう。あなたがミコちゃんね。とっても可愛らしくて、良い子そうで安心したわ。あなたがエルの初めての友達になってくれてすごく嬉しいわ』

その言葉でミコは更に大声を上げて泣いてしまう。キューちゃんはそんなミコのもとへ急いで飛んでゆき、慰めるように抱きしめた。

『で、アナタ？　こんな可愛らしいお友達をそんな姿で怖がらせてたの？』

『……いや、我もミコは安全だと思ったぞ？　だ、だが、その周りの大人が安全かどうかは分かるまい？　人間と言えば我らを見つけるとすぐにその血を、皮を、骨を、臓腑を、爪を、尾を剥ぎ取ろうとする。もしくは実験だ、見せ物だ、ペットだ、と。果てはドラゴンスレイヤーなどという称号のためだけに命を奪いにきたと言い出す愚かな者まで現れる始末だ。疑うのも無理はないだろう』

カルナヴァレルは早口でそう捲し立てた。

『でも人間にだって良い人はいる。あなただって人間の友人が何人もいたでしょう』

『ぐむ……。だが、エルはまだ分別がつかない年頃だぞ。悪い男にでも引っかかったら――』

『その分別をつけるために他者と接する必要があるんです』

フローネさんの言葉がグサリとカルナヴァレルに刺さったのが見えた気がした。

「夫婦喧嘩のところを悪いが、少しだけ口を挟ませてもらっていいかの。わしはこの者たちが暮らす国の王をしているベルクード＝ウィンダムと申す。この度はわしらの勝手でご足労をお掛けした」

『あ、いえ、他人様の国で騒いですみません。すぐに連れて帰りますので――』

「いや、逆じゃな。わしは国王として、あなた方ドラゴンの家族と友好関係を結びたいと思っておる。もしよければこの国に滞在してはくれないだろうか」

陛下はそう言った。どうやら先ほどの言葉はその場を濁すための嘘ではなかったということだ。

『人間ごときが我らの会話に割って――』

『アナタは黙ってて。……そうですね。私は全然構わないんですけど、エルー？』

陛下のことを睨む父親を制する母親。どうやら力関係は母親の方が上のようだ。

「キュー、キュー」

「キューちゃんも一緒にいたいって言ってくれてます……」

半べそをかきながら、ミコがキューちゃんの言葉を代わりに口にしてくれる。ということは――俺たちは自然と視線をカルナヴァレルへと向ける。

『グッ。わ、我もそれには同意したぞ。た、但し喧嘩をして、我に勝ったらという条件はつけたがなっ。その途中でオマエが来たんだぞ』

『ねぇ、アナタ？　その姿で人と喧嘩して恥ずかしくないんですか？』

『……ぐぬぬぬぬぬ』

カルナヴァレルはその大きな牙で歯軋りをすると、一瞬でその体を――。

「これでいいかっ!!」

人間の体へ変貌させる。と、言っても白髪の偉丈夫は二メートルを超す巨躯のため、人間離れした人間であるが。

「えぇ、それでいいんですよ」

フローネさんも人の姿となった。こちらも透き通るような白い髪で、カルナヴァレルと違い、華奢で美しい容姿であった。

「……で、どうすんだ」

そして人の姿になったカルナヴァレルは俺たちに近づいてきて憮然とした態度でそう聞いてくる。

どうするんだ？　まさか続きをしようと言うのだろうか？　お断り願いたい。

「では、ジェイド頼んだぞ」

「ジェイド頑張れ」

「ジェイド先生、見事友好関係を勝ち取って下さい」

エメリア、アゼル、フェイロ先生は武装を解除し、俺の肩をポンと叩いて一歩下がっていく。

「え、ちょ……」

「せんせー、応援してるぞー」

「先生、頑張って下さい」

「センセイ、ファイト」

レオ、エレナ、アマネからは応援されてしまった。マズイ。今は本当に体が――。

「ジェイド。王として命じる。この喧嘩に勝ってくるんじゃ」

「ジェイドさん。頑張って下さいね」

ダメ押しとばかりに陛下とローザ様からもそう言われてしまう。もう逃げ道はないようだ。

「……ジェイド、お願い無茶しないでね」

「せんせー、ミコのせいでごめんなさいっ」

ミーナは懇願するように、ミコは深く頭を下げて。どうやら覚悟を決めるしかないようだ。それにミコの願いを叶えたいと言い出したのは誰だ？　みんなをここまで連れてきたのは誰だ？　俺だろう。

「ここで根性見せなきゃ、男じゃない、か」

「あぁ、その通りだな。我もこうなったら白黒つけるまで引き下がれん。この世界にエルとフローネを置く覚悟を我に刻み付けてみせろ」

俺とカルナヴァレルは睨み合う。周りの者たちは俺たちの邪魔にならないよう離れていく。

「「…………ラァァァッ!!」」

俺は魔力を全開にする。『人あらざる者』の黒い魔力が最後の灯火のように膨れ上がる。持ち上げるのも一苦労だった腕。その左腕を振り上げ、拳を強く握りしめ、後先を考えない渾身の一撃を振るう。

対するカルナヴァレルは俺の拳など見向きもせず、只々バカ正直に俺の顔目掛けて右の拳を打ち下ろしてくる。そして激突――。

「「……グッ」」

俺の左拳は奴の顎へ。奴の右拳は俺の頬へ。鈍い音を響かせ、ぶつかり合うと、その衝撃でお互いの上半身がのけ反る。

「ッペ。丁度良い。奥歯が少し沁みてきてたんだ。スッキリしたよ」

「……おう。我も首を寝違えていたみたいでな。丁度治ったみたいだ。礼を言おう」

俺は口から血と一緒に奥歯を吐き出し、奴は目を左右に細かく振動させ、首を鳴らしながら虚勢を張る。

「悪いが、杖を使わせてもらうぞ」

「ふん、一向に構わん。我はこの五体全てが凶器よ」

「ほざけっ‼」

俺の使う杖術の要は打撃ではない。投げと締めだ。素早く沈み込み、奴の足を掬い上げ、そのまま足首と膝を固めると、地面へとひっくり──。

「どうした？　倒さんのか？」

「……馬鹿力が」

「あぁ、それが自慢だ。フンッ」

返そうとしたが、微動だにしない。むしろ固定した足で無理やり杖をへし折ろうとしてきた。慌てて、杖を抜き、後ろへ下がる。

「では、次は我の番だな。必殺技だ、喰らえ──『殴る、蹴る』‼　オラオラオラオラオラッッ‼」

「ふざっ──チッ、クソッ──」

何が必殺技なものか、がむしゃらに殴って蹴ってを繰り返しているだけだ。だが、その一撃一撃が致命傷になりかねない重さと威力を持っている。そしてそんな攻撃を全て捌き、避け続けるのは──。

「ガハッ」

「百飛んで七か。よく凌いだ方じゃねぇか？」

不可能であり、杖で捌き続けた反動により、腕の感覚がなくなり、麻痺したところで胸骨の上を鈍器のような拳で打ち抜かれてしまう。

「…………ヒュ、ハッ、ハッ」

その衝撃に肺と心臓が一瞬動きを止めてしまった。苦しい。血流が回ってこない。目の前が暗く——

——マズイ。

「しまいか？」

『爆発《バースト》』」

「あん？」

俺は杖の先端を奴へと向け、肺に残った僅かな空気を絞り出し、魔言を紡ぐ。一音節魔法『爆発』

——この爆発によって俺と奴は磁石が反発しあうかのごとく、吹っ飛ばされる。地面を転がっている内に心臓と肺が動き始めた。頭痛は残るが、意識は戻ってきた。フラフラと立ち上がり、奴の方を睨むと——、

「……フンッ、そうこなくっちゃなっ!!」

奴がニヤリと笑い、こちらへ一直線に駆けてくるのが見える。先ほどの爆発によるダメージなど皆無だろう。俺は杖を握りしめ、一瞬で息を吸うと、ピタリと止める。

「くたば——いや、簡単にくたばってくれるな、か。ラァッ!!」

奴は軽口を叩きながら、その軽口にまったくもって相応しくない強烈な回し蹴りを放ってくる。だが俺は奴の重心が左足へと移り、右足が浮いたその刹那に——。

「『三点爆』!!」

奴の胸を杖の柄で三度突いた。何の威力もない突きだが、その杖の柄には魔力を付与しており、三

点を突くだけで魔法陣として成立するようになっている。

「？」

不可思議な攻撃とも呼べない攻撃に一瞬動揺するカルナヴァレル。俺が奴の身体に描いた魔法陣は何の効果も持たない。それどころか魔法式も滅茶苦茶だ。

「グアッッ!!」

だが、それを無理やり起動させれば、魔力暴走が起こり、爆発を起こす。三度突く毎に起こる魔力爆発。爆発で奴の蹴りがブレた隙に俺はしゃがみこみ、それを避ける。そしてそのまま空《くう》を切った足につられ、体が回転している時間があれば十分だ。俺の杖術での突き速度は――。

『蓮華燦燦《れんげさんさん》』

一呼吸に三十三撃。奴の全身に爆弾を埋め、ゼロ距離爆発を起こす。どうやら皮膚は人と大きく違わないようだ。カルナヴァレルから盛大に血しぶきが舞う。

「しまいにするか？」

「……ククッ、バカ言え。まだ我は立っているぞ？」

乱れた髪をかき上げ、全身血まみれになったカルナヴァレルが笑う。失血死してもおかしくない量であるし、まず間違いなく意識は失う出血量のはずだ。

「タフだな」

「あぁ、それも自慢だ」

「足が震えているぞ？」

奴の膝がガクリと折れた。だが、その膝が地に着くことはない。なんとか踏ん張り、堪えているようだ。だが、こんな状態でもカルナヴァレルは尚笑い――。

「ククッ、動くのはちと難しいようだな。おい、ジェイド、悪いがこっちまで来てくれ」

そしてふざけたことを抜かす。

「お前はバカか？　遠くから魔法を撃てば俺の勝ちだろ？」

奴の足――機動力は死んだも同然なのだから俺が遠くから魔法を撃ってるだけでこの喧嘩には勝てる。だが――。

「あぁ、言ってなかったか？　我はバカだ。一応貴様にも聞いておこう。貴様はバカじゃないのか？」

俺は奴の言葉にニヤリと笑ってしまう。今までこんな喧嘩をしたことがあっただろうか。確かに戦闘の経験はいくらでもある。命のやり取りだって少なくない数あった。だが、こんな清々しいバカと血まみれになって殴り合うことなんて今までなかった。それが楽しいと思ってしまった。つまり――、

「あぁ、俺もバカだったようだ」

俺は杖を放り、奴の目の前に立つ。

「いらっしゃい」

「あぁ、邪魔するよ」

まるで奴は友人を家に招くかのような気楽さで、俺はまるで友人の家に上がるときのような謙虚さで間合いへと入る。

「『せーのっ!!』」

殴り合う。一歩も引かず——魔法師なのに拳だけを振るう——。

「お前は、悪い、人間、か——ヘブラッ」

「さぁ、な。善悪を、自分だけで、なんか決めれる、か——グホッ」

「……おい、我を安心、させろ。そんな、こまっしゃくれた、言い方ではなく、良い奴、だ、と——ゲハッ」

「自ら、良い奴、なんて、言う奴に、ロクな奴は、いなかった、ぞ。この、世界に、住むなら、覚えて、おけ——ゴェッ」

「ククク、違いない——な」

俺の拳が奴の鳩尾に深く突き刺さる。それを最後に——カルナヴァレルは大の字に倒れこんだ。

「……久しぶりに青い空など、見たな」

「ハァ、ハァ……、そう、か。そりゃ、良かっ——た」

俺もその横に倒れこむ。目を開ける余裕もない。全身の疲労と痛みを堪えるので精一杯だ。なのに、不思議と気分は悪くない。

「ジェイドッ、ジェイドッ!!」

「ミーナ……か。おう、勝ったぞ」

「バカッ、バカッ」

横たわる俺に抱きつきながら、涙を流すミーナ。

「せんせぇ……、うぅ、ミコのわがままを、聞いて、くれて、ありがとうございますぅ……。うわぁぁぁっ!!」

ミコは俺に礼を言いながら大号泣してしまっている。ともあれ、結末としてはベストのものになったろう。俺は教師としてミコの夢を叶えてあげられたことを嬉しく思う。

「ジェイドッ」

そして他のみんなも俺の周りを囲み、賞賛の言葉を口にする。なんだかこんな大勢に褒められることなど今までなかったから、どんな反応をしていいか分からない。だが疲労困憊だ。皆の声が遠くなっていき、眠くなってきてしまった。

「ジェイドッ、ねぇ、ジェイドッ」

ミーナの声だけはよく聞こえる。そんなに怒鳴らないでくれ。頑張っただろ？　少しだけ、少しだけ疲れたから眠らせてくれ。

「フフ、アナタ負けちゃいましたね。久しぶりの喧嘩はどうでした？」

「……フンッ、久しぶりすぎて喧嘩の仕方を忘れてただけだ。……まぁ、でも楽しかったのは確かだな」

「じゃあ、これでジェイドさんはアナタの喧嘩友達になったわけですね」

「……ッフン。そう、だな。こやつはこの世界で我の暇つぶしの相手になってもらわねば困るからな。

……よっ、と。おい、そこの女どけ」

「キャッ」

ミーナの気配が離れていった。代わりに膨大な熱量を持つ生命エネルギーを近くに感じる。

「ジェイド、飲め。我の魔力を篭めた血だ。これで命が二、三回尽きても戻ってこられるわ。また、喧嘩に付き合えぇ」

「んく、んく……」

俺の口に生温かい液体が流れこんでくる。それを嚥下した途端、先ほどまで全身を駆け巡っていた痛みや自分が折りたたまれていくような窮屈さはなくなっていった。

「ジェイドの顔に血の気が……、良かったっ、ジェイド、ジェイド」

「ワハハハッ、これにて一件落着じゃの。ようこそこの世界へ、ようこそ我がウィンダム王国へ。カルナヴァレル一家よ、歓迎しよう。お主らもほんにご苦労であった。今日はわしの家でゆっくりと休むが良い。最大限の歓待をしようではないか。おい、バカ息子。今回の最大の功労者であるジェイドを丁重に運べ」

「その役目、確かに任されました。ジェイド先生、失礼しますよ、っと」

俺はまどろむ中、体がふわふわと浮いた気がした。そして意識を保てたのはそこまでであった。

第四章

episode.04

幼き契約者

I was fired from a court wizard so I am going to become a rural magical teacher.

「……腹減った」

「おはよう、お寝坊さん」

見知らぬ部屋、見知らぬベッドで起きてそうぼやくと、隣の椅子に腰かけていたミーナからそんな言葉をいただく。目覚めた時に感じたのは、全身の筋肉痛と空腹感だ。ぼやけた頭で何があったかを思い出す。カルナヴァレルと――。

「……あー、どうなったんだ？」

記憶は曖昧であり、最後うっすらと殴り合いになったのは覚えているが、どこか夢の出来事のようで現実感がない。どこまでが現実だったのか、ミーナに尋ねる。

「順番に話すね――」

ミーナはゆっくりとした口調で、キューちゃんを呼び出し、カルナヴァレルが現れ、四人で戦い、母親に救われ、人の姿となったカルナヴァレルと殴り合って、最後に俺が勝ったと教えてくれた。

「そうか、勝ったのか……」

「うん、でもジェイドその時死にそうだったんだよ？」

「え……」

ミーナの腕の中で徐々に顔が蒼くなっていき、脈と呼吸が弱くなっていったと聞いた時には、苦笑するほかなかった。そして、カルナヴァレルの血を飲み、一命を取り留めた、と。

「なるほど……。それで、ここはどこで、俺はどのくらい寝てたんだ？」

「ここはベルクード陛下の家。それで今は夜の七時よ」

陛下の家。陛下は王城に住んでいるのだから、隠れ邸宅であろう。そしてカルナヴァレルと戦った時はまだ外が明るかったため、寝ていたのは数時間ということになる。

「そうか、まぁ久しぶりに全力で動いたからかな。すごいお腹が空いて――」

「そりゃ丸一日寝てたらお腹も空くでしょ」

「え……」

ミーナの言葉に目を丸くする。丸一日。明日は学校だ。

「すぐに帰らないと！」

「ブリードさんがあの後、現れて学長に報告するから、明日戻ればいいということになりました」

「そ、そうか。ってブリードさんが？　本当に神出鬼没……いや、監視か」

ガバリと布団をはねのけ、慌てて立ち上がったが、ミーナにそう言われ、ゆるゆると腰を下ろす。

「……それで他のみんなは？」

「みんなジェイドが起きるのを待ってるよ。さぁ分かったなら、シャキっとしてきて」

「お、おう」

ミーナにグイっと腕を引かれ、無理やり立ち上がらせられると洗面所の方に連れていかれる。ひどい顔だ。一日も待たせておいて今更だが、皆をこれ以上待たせないよう支度はできるだけ素早く済ませる。

「どうだ？」

「後ろ髪がはねてる」

寝癖がついていたらしい。いや、しかしそれだけだ。地面を転がり、血まみれになり、服はボロボロだった筈なのに、体は綺麗さっぱり、俺のものではない真新しい服を着ている。

「……おい、ミーナ。誰が俺の世話を？」

「聞きたい？」

ニッコリと笑うミーナ。

「……さぁ、行こうか」

俺はその答えが恐ろしくなり、この件はなかったこととした。

☆

「ミーナです。ジェイド先生を連れてきました。失礼します」

広い屋敷内をミーナが先導し、皆が集まっているという食堂へと案内してくれた。ノックをしたのち、扉を開ける。

「随分待ちくたびれたぞ。わしを丸一日待たすとは大した男じゃ」

「へ、陛下っ。大変お待たせし、申し訳――」

「冗談じゃ。謝らんでよいから、そこへ掛けるがよい」

俺は陛下に深く頭を下げようとすると、ベルじぃと名乗っていたときの気軽さでそんな言葉を掛けられる。そこと言われたのは長い食卓の中央、陛下の真正面であり――。

「おう。生きてたか、しぶといな」

「……おかげさまでな。そっちは元気そうだな」

カルナヴァレルの隣であった。

「さて、ジェイドも揃ったことじゃし、宴といこう。この一日ジェイドの身を案じる余り、食事も喉を通らなかったからの。お腹ペコペコじゃ。おい、ローザ」

「はいはい。今すぐ皆様のお食事をお持ちしますよ。あと、おじいさん？　昨日の夜も、今朝も、お昼もしっかり食事をとられたことをお忘れになってしまいましたか？」

「おじいちゃんボケちゃったんだね」

「なっ、わしはまだボケてなどおらぬぞ!!」

どうやらここではベルじぃとローザばぁらしい。ミーナもこの一日で慣れたのだろうか。ニコニコとそんな光景を微笑ましく眺めている。

それから暫くは食事が並べられるまで、皆口を閉ざし静かに待つこととなった。そして食事が並べられると、全員が立ち上がり、椅子が下げられる。どうやら立食形式のようだ。

「では、ウィンダム王国の――と、言ってしまうと少し大げさじゃの……。わしらと新たな友人に、くらいにしとこうかの。では、この素晴らしき出会いに――」

乾杯。唱和し、それぞれがグラスを鳴らし合う。そして、それが終わると、皆の視線が俺に集まってきた。なんだか不気味だ。

「……みんな、どうしたんだ」

だが、誰も喋らない。と、思ったらキューちゃんを抱きかかえたミコがトコトコと近づいてきた。

「せんせー、大丈夫？」

「キュー……」

ミコとキューちゃんが同じように心配そうな表情で見上げてくる。

「あぁ、心配かけてごめんな。先生はこの通りピンピンしているぞ。ま、少しお腹が空いたけどな」

そんな心配を吹き飛ばすように俺はおどけてみせる。

「良かった……。せんせー、ありがとうございますっ！　ミコのわがままを聞いてくれて。せんせーがせんせーで良かったです」

「いや、正直に言えば俺だってこんな奇跡が起こるとは思ってなかったよ。キューちゃんと出会えたのはミコ、お前のひたむきさの結果だ。よく頑張ったな」

俺はそっとミコの頭を撫でる。ミコは涙目だ。なんだか昨日もミコの涙をたくさん見た気がして、少し笑えてきてしまう。

「センセイ、今回私は何もできなかった」

その後ろからアマネが申し訳なさそうな顔で現れる。

「おいおい、アマネ。どうしたんだ？　いつものアマネらしくないじゃないか。先生はな、何言ってるかよく分からないがいつも自信満々におかしなことを言うアマネの方が好きだぞ？　ま、それはさておき、今回のような事態で、きちんと弁えることができただけ優秀だ。何もしないということをするというのは難しいものだからな。って、言い方が下手だな」

俺は自分で言っててなんだかよく分からない言い回しになってしまったため、苦笑する。

「ううん。分かる。センセイありがとう。私たちのために戦う姿カッコよかった。GTJ」

「お、おう。ありがとう。……で、そのジーティージェーってなんなんだ？」

「……フフ、気にしないで。いつものおかしなことだから」

「……そか」

最後に俺たち二人は笑い合う。そして、次にやってきたのはレオだ。

「……せんせー、強かったんだな」

「ん？　どうだろうな。自分では強いかどうかを決めるのは難しいからな」

「俺が今、憧れてるのはアゼル様と師匠とせんせーだ！　そんだけ！」

そう言うとレオは顔を真っ赤にして遠くへ離れていき、食事を口いっぱいに頬張っていた。まったく可愛げのある奴だ。ついつい頬が緩む。

「……単純なガキね。先生、ありがとうございました。おかげでパパもお爺ちゃんも死なずに済みました」

「いや、陛下やフェイロ先生がいなければ全員で生きて帰れなかったよ。それにミーナ先生から聞いたぞ。ミーナ先生を守ろうとしてくれたらしいじゃないか。勇気をもらったって言ってたぞ」

ミーナをちらりと見れば、少しだけ頬を赤らめて頷いている。

「……でも、やっぱり私はまだまだ未熟ですから。いざという時、家族を、友人を、国の民を守れるよう強くなりたいです。これからもよろしくお願いします」

「エレナはしっかりしているな。流石、王族だ……って、フェイロ先生、王族だなんて聞いていなかったんですが？」

「フフ、この一大スキャンダルがバレたら国が揺るぎますからね。皆さんもくれぐれも秘密でお願いしますよ」

フェイロ先生を追及するが、確かに国を揺るがしかねないスキャンダルだ。秘密にするのも当然だろう。だが――。

「わしはもうバラしてもいいと思うんじゃがの。国のことはほとんど息子どもに任せておるし、時効じゃ、時効」

「あら、おじいさん？　私は今、現在こうして生きているんですけども？」

「……じゃってぇ、エレナとコレットと一緒に――」

「おじいちゃん、私強くなって王国騎士団に入りたいから、お姫様なんてイヤよ」

「だそうです。すみません、お義父さん」

「クッ、それもこれも全部バカ息子のせいじゃ!!」

陛下はフェイロ先生に食ってかかる。口では罵っているが、家族としての距離感そのものである。

そんな家族のやり取りを少しだけ羨ましそうに眺めていたら、また別の者が近づいていくる。

「さて、ジェイド。お前には今回苦労をかけたな。おかげでドラゴンという未知の生命体と関係を持つことができた。礼を言おう」

エメリアだ。長年の研究対象であった召喚魔法。見ようによっては最後の美味しいところだけをミコが攫っていったことになるのだが、エメリアはそんな小さいことは言わず、真摯に礼を言ってきた。

「いや、こちらこそ協力してくれてありがとう。おかげで生徒の夢を一つ叶えてやることができた。俺自身も教師って良いもんだなって思えたよ」

「クク、あの根暗で人付き合いが苦手なお前が宮廷魔法師をクビになって、教師になると聞いたときには、耳を疑ったが、案外似合っているのかもな」

俺自身も教師なんてガラじゃないと思っていたが、生徒たちと接する時間は思った何倍も楽しかった。

「だが、ジェイド。ボクの苦労も忘れないでくれ？　ダーヴィッツさんが団長室にふらっと遊びにきては愚痴を言っていくんだぞ？　ジェイドがいなくなって戦力も事務作業も大打撃だ、とな」

「ハハハ……。ダーヴィッツさん、か。本当に心残りはそこだったんだよなぁ。ダーヴィッツさんにお世話になっていたのに、その恩を返す前にクビになってしまって」

話に加わってきたアゼルからは半分冗談のイヤミを言われてしまう。だがこれに反応したのは陛下であった。表情を曇らせ、申し訳なさそうに口を開く。

「わしもあの時ダーヴィッツから直談判されたよ。おぬしの王城での働きぶりと立場はわしも承知しておったしの。おぬしの件は下らぬ嫉妬からじゃが、結局わしはおぬしを王城から遠ざける決定を覆さなんだ。すまぬ」

「へ、陛下っ！　頭を上げて下さいっ！　そのお言葉だけで十分ですっ！　それに私は王都を離れても国に尽くすつもりです。ここにいる未来ある子供たちは、きっとこの国を守り、繁栄の一助になると思います。今のこの仕事に誇りを持っていますから」

「そうか……。フ、そうじゃな。未来ある若者こそ、我が国の宝。おぬしやミーナ先生のような教師がいれば安泰じゃな」

「畏れ多いお言葉、ありがとうございます」

俺が頭を下げて礼を言うと、名前を呼ばれたミーナも恐縮して頭を下げる。顔を上げた時、微笑む陛下の顔はとても慈愛に満ち溢れていた。

「ほら、ジェイドさん。お腹が空いてるんでしょう？　いっぱい食べて下さい」

「あ、はい。ローザ様ありが――」

「ローザばぁよ。もう、私なんか只長い間、この人の面倒を見ていただけのメイドなんですから、それがいつの間にやら偉そうな肩書きが付いて、メイド服まで取られて、そんな様付けなんてしないでちょうだい」

高位の貴族も顔色を窺うべき相手であるローザ様にそんな気軽に話しかける勇気は俺にはなかった。そんなローザ様のいっぱい食べて下さいと言う言葉に従い、俺は苦笑した後、食事に手を付ける。どれもこれも美味しいものばかりだ。気付けばあっという間に空腹感など消え去っていった。そして、皆が離れていったのを見計らって――。

「ジェイドさん、この度はうちの主人が本当にご迷惑をおかけして、申し訳ありませんでした」

「確か――」

「フローネです」

カルナヴァレルの奥さんであり、キューちゃんの母親であるフローネさんが隣に来た。腰を深く折り、謝罪をしてくる。だが――。

「いえいえっ、こちらこそお宅のお嬢さんを――」

「誘拐」

「そう、誘拐――って、違う。誘拐ではない」

カルナヴァレルがそれに茶々を入れてくる。

「ハンッ。エルから聞いたぞ。貴様がにじりよって、捕まえようとしたってことをな――」

「キュー!!」

「キューちゃんはそんな言い方していないって言ってます……」

それを庇ってくれたのはキューちゃんと、ミコだ。

「はい、アナタは黙ってて」

そしてカルナヴァレルは言いたい放題言った後、フローネさんに窘められたのだが、まったく悪びれることなく『へいへーい』と雑な言葉を返し、食事を取りに行った。なんというか羨ましいくらい自由奔放だ。

「本当にウチの主人は図体ばかり大きく、何千年も生きているのに子供みたいでお恥ずかしい限りです……」

真っ白な頬を朱く染めたフローネさんがそう零す。こんな言い方は良くないかも知れないが、フローネさんはドラゴンという上位種族でありながら、人をまったく見下すことなく対等に接してくれているように感じた。

「その、フローネさんは人間が嫌いじゃないんですか？」

「フフ、面白ことを聞きますね。もちろん嫌いじゃありませんよ。むしろ好ましく思っています」

「そう、なんですか……」

ふわりと笑うフローネさんを見る限り、嘘を言っているようには見えない。

「それに主人も同じですよ。人間が大好きだからこそ――」

「おい、フローネ。余計なことは言うな。我は人間には失望したのだ」

「ね？　意固地になってるだけでしょ？」

今度はからかうような表情でそんなことを言ってくる。人の姿をして、人と同じような表情や動作をして、フローネさんを見ていると本当にドラゴンなのか疑いたくなってくる。

「おい、ジェイド。貴様、ひとの嫁をジロジロと見るな。貴様にはいるだろうが」

「あ、いや、すまない。って、俺に嫁はいないぞ」

「なに？　じゃあ――モゴモゴ」

「はぁ、ほんとアナタはデリカシーがないわね。ジェイドさんごめんなさい。気にしないでね」

「あ、はい」

フローネさんは手を伸ばして、戻ってきたカルナヴァレルの口を物理的に塞いでいた。キューちゃんも面白がって翼で奴の頭をはたいている。

「あっ、そう言えばキューちゃんは人の姿になれないんですか？」

俺がふとそう思い、尋ねると、フローネさんとカルナヴァレルの視線が俺の方へまっすぐ向けられる。

「そうね。実はそのことについて昨晩話し合ったんだけど、主人が頑固でして……。ジェイドさんからも言ってもらえませんか？」

「と、言いますと？」

「実は――」

フローネさんとカルナヴァレルが人の姿になれるのは、人と契約したことがあるからだと言う。キューちゃんはまだ契約をしたことがない。そこで、ミコさえ良ければ契約させたいと思っているそうだ。

「なるほど」

「フンッ。まだ契約など早い！　エルが大人になって自分で物事の判断をできるようになってからでも遅くはないだろ！」

だが、カルナヴァレルは慎重になっているようだ。どうも契約をすると、多くのものを共有することになるらしい。それこそミコが生きている間は、ミコと共にいなければならなくなるとのことだから慎重になるのも分かる。

「で、カルナヴァレル。キューちゃんが大人になるまで何年掛かるんだ？」

「……まぁ、三百年は掛かるだろうな」

「はぁ……。少なくともミコからしたら遅いぞ」

「……なら、運がなかったと――」

「キュー!!」

今度はキューちゃんが先ほどまでと比べものにならない強さで攻撃を繰り出している。どうやらキューちゃんはミコと契約したいみたいだ。いいぞ、頑張れ、キューちゃん。

「と、ミコはどうなんだ――って聞くまでもないって顔だな。でも、そうなったらキューちゃんはミコと一緒に暮らすことになるんだろ? ミコの親御さんの協力も必要だろうに」

「えへへ～、実はミコは小さい時からずーーーっと、別世界のお友達を連れてくるからって言ってあるので、大丈夫なんですっ」

ミコは当然契約する気満々であり、その下準備も済んでいるとのこと。だが親御さんはそれを真剣に――いや、きっとミコの両親のことだ。きちんと受け止めているだろう。

ということは、あとはこの頑固親父を説得すればいいわけだ。心なしか陛下とエメリアからは無言のプレッシャーが掛けられている。陛下は国の安全のために、エメリアは研究の協力のために契約を取り付けたいのであろう。

「なんだ、ジェイド? 貴様、また我とやるつもりか?」

「あぁ、仕方ないからな。というわけで――」

息巻くカルナヴァレルの前に近づき、食卓に――。

「……なんのつもりだ?」

「呑み比べだ」

酒瓶をドンと置く。暫く殴り合いはお腹いっぱいなので、他に奴が納得しそうな勝負方法を提案したまでだ。

「ほぅ。おもしれぇ。人間に呑み比べを挑まれたのはいつ以来か。ジェイド、貴様に教えてやろう。古来よりドラゴンという種族は酒飲みの種族だ。後悔するんだなっ!!」

とても楽しそうに勝負に乗ってきた。実に単純で可愛げのある奴だ。

「よし、じゃあこちらは五人チームだ。先鋒アゼル、次鋒エメリア、中堅フェイロ先生、副将俺、大将はミーナ先生だ」

勝負に乗ってきたところでこちらは無茶なハンデを提案する。普通であればこんなアホなハンデは一蹴されそうなものだが、こと奴に限っては――。

「……ふん、よかろう。たかが人間五人で我を倒そうなど片腹痛いわっ！　かかってこい！」

うん、良かった。本当にカルナヴァレルって奴は良い意味でアホで助かる。勝手にチームにした四人からは多少痛い視線をいただくが、最後のタイマンで死にかけたことを考えれば、これくらいの報復は許されるだろう。現に文句を言うものはいない。

「仕方ないな……。では、先鋒アゼル＝ハーミット参る」

「おう、来い」

みんなからの声援が飛ぶ。王国騎士団は酒の席も多い。その長たるアゼルだ。一杯目をさらりとお互いに流し込む。二杯目――、三杯目――、まったく顔色を変えることなく順調に杯を空けていく。

「いいぞ、アゼル！　流石だ！」

「…………すまない。席を外す」

だが、異変は十五杯目で起きた。アゼルが口元を押さえ、わき目も振らず、イソイソと退室していったのだ。よく頑張ってくれた。存分に吐いてくれ。

「ふんっ、我はまだまだ序の口だぞ?」

「そうか? 少し顔が赤らんできたように見えるがな。よし、次鋒エメリア行けっ!」

「……私はそんなに酒が強くないから期待はするなよ?」

やれやれと言った様子でエメリアがカルナヴァレルの前に立つ。そして一杯目――。

「……二、三、五、七、十一、十三、十五――」

「な、なぜ素数を……」

一杯目を一気に飲み干した後、なぜかエメリアは素数を数え始めた。しかも十五は素数ではない。

ポンコツ具合がやばい感じだ。そして目が虚ろなまま、わなわなと震えると――。

「三十――うぇぇぇ――」

「ストぉぉぉーップ。エメリア、お前こんなに酒弱かったのかっ⁉ さっきまで平気な顔で飲んで――」

念のために準備しておいたバケツが役に立った。とても研究者の頂点に立つ者としては見せられない醜態を見せるエメリア。先ほどまで平然と飲んでいたのが嘘のようだが――。

「あ、エメリアさんにはブドウジュースを出してましたよ?」

と、ローザ様。どうやらそもそもお酒は出していなかったらしい。それでも責任感からかこの勝負に臨んでくれたのだろう。安らかに眠れ。

「クク、あてが外れたな。次は――貴様か。フェイロ、だったか？　貴様の大剣術は大したものだな。我の攻撃を初見であれほど防がれたのは初めてやも知れん」

「お褒めの言葉ありがとうございます。ちなみにですが、先程のアゼル。彼に酒を教えたのは私です」

「ほぅ……」

十五杯。フェイロ先生は十五杯を超えるという宣言をしたのだ。これは心強い。そう言えば昔アゼルから聞いたことがある。

「確か王国騎士団には酒鬼と呼ばれる者がいる、と――。まさか……？」

「フフ、若気の至りですね。ですが、今も衰えているつもりはありませんから――」

「パパってたまに変なこと言うよね」

エレナは冷めた目で父親を見ていた。

「……さて、気を取り直して呑みましょう。ではカルナヴァレルさん、乾杯」

「おう」

杯をぶつけ合う二人。

コトッ。

フェイロ先生が食卓に杯を置いた。中身は――。

「空だ……。早い……」

「どうぞ、ごゆっくり味わって下さい。とても美味しいお酒ですから」

そしてフェイロ先生はいつもの丁寧な口調で煽った。単純なカルナヴァレルには効果は抜群であった。

「おい。並べておけ」

「こちらにも」

長い食卓には二人を中心に右に二十杯、左に二十杯の酒が並べられた。どうやら二人はこれを——。

「よーいっ」

「ドンですね」

一気に呑んでは次の杯——一気に呑んでは次の杯とほぼ同時に二十杯を飲み干したのだ。絶対に良い子は真似してはいけない飲み方だ。

「……ゲフッ。すこーし、エンジンが掛かってきたところだな」

「それで、どうします？　私は飲み足りないんですが？」

「…………上等だ。並べろ」

「こちらにも」

アゲインだ。まさかの二十杯アゲインだ。酒鬼と呼ばれていた由縁が分かる。フェイロ先生には鬼気迫る迫力があった。そして二人はこれを——。

「…………ごぇーっふ。ハァ、人間にしちゃやるじゃねぇか」

「……お褒めのお言葉ありがとうございます。ですが、私はまだ——」

「フェ、フェイロ先生、ありがとうございますっ！　休んで下さい。奴の言葉じゃないですが、人間が飲める限界量を絶対に超えていますっ。あとは俺とミーナ先生に任せて下さい」

「……そうですか？　では、お言葉に甘えて……。それと、見届けたいのは山々なんですが、少し席を外しますね？」

俺はコクコクと頷き、フェイロ先生を見送る。部屋を出ていく足取りは普段と変わらず、気品ある立ち居振る舞いでトイレへと向かったフェイロ先生に尊敬の念を抱かずにはいられない。

「……さて、カルナヴァレル待たせたな」

「フンッ、かかってこい」

そして遂に俺の番が回ってきた。奴の顔は真っ赤になっており、体もフラフラと揺れている。アゼルとフェイロ先生とおまけでエメリアのおかげで奴を酔っぱらうところまで持ってこられた。あとは俺が潰す。それが叶わなくともミーナに託せば、きっとミーナがなんとかしてくれる。俺はミーナに目でそう伝えると、ミーナもコクリと覚悟を決めるように頷いた。

「フンッ。やっぱ、そうじゃねぇか」

「？」

「なんでもねーよ……。ほれ、杯を出せ」

言われるままに杯を出すと乱暴に打ちつけてくる。なんとも荒っぽい乾杯だ。だが、奴らしい。俺は一杯目を一気に煽った。体調が万全でないため、いつもよりよく効く。

「おい、まさか啖呵切ってきた貴様が一杯で――」

「バカ言うな。お前こそ足に来てるんじゃないか?」

「フンッ。減らず口を――」

こうして俺たちは無言で杯を空け始める。五杯、六杯――。

「ククッ」

「? どうした急に笑い始めて。飲みすぎておかしくなったのか?」

「あぁ、どうやらそうらしい。まんまと貴様にしてやられたわ。おい、フローネ。お前も隣に来て飲め」

「はいはい」

奴はなんだか不思議なことを言うとフローネさんを呼んだ。言われた通り、酒を持って奴の隣に立つフローネさんはとても嬉しそうに見えた。

「ミーナさんも飲みましょ」

「え……」

そしてフローネさんはミーナも誘った。ミーナはどうしたものかと俺のことを見てくるが、俺はそれに頷く。

「では、失礼します」

こうして四人でもう一度杯をぶつけ合う。

「フローネ、いつぶりだろうな」

「随分、久しぶりですね。私がエルを身籠ってからはずっと次元の狭間に隠れてましたから。百年振りかしら」

「百年……」

長命なドラゴンなら久しぶりで済む時間かも知れないが、俺たちからすれば決して短い時間じゃない。その時間をずっと二人、あるいはキューちゃんが生まれてからは三人で過ごしていたというのだろうか。

「そうか、そんなになるか。お前とエルには窮屈な思いをさせてしまったな、すまない」

「フフ、何を言ってるの。アナタが私とエルを愛してくれているのは分かっていましたから。何も謝る必要はありませんよ」

「おい、ジェイド」

それを横で聞きながら、チビチビと酒を煽っていると急にカルナヴァレルが俺の名を呼ぶ。

「ん？」

「ヴァルだ」

「？」

そして短くヴァルだと言う。一体何のことか分からず、首を傾げる。

「フフ、ジェイドさん。主人は親しい人からはヴァルと呼ばれています。お友達になりましょうってことですね」

なるほど。フローネさんの説明でようやく分かった。ヴァルが否定しないところを見ると、その通りということなのだろう。

「あぁ、よろしくなヴァル」

「ッフン」

「フフ、アナタばかりズルいわ。私もジェイドさんとミーナさんとお友達になりたいです」

「えぇ、俺の方は喜んで」

「私ももちろん」

「あら、ありがとう。じゃあじゃあジェイくんにミーナちゃんって呼んでいいかしら？」

俺たちがそう答えると、フローネさんはそんな提案をしてくる。ジェイくんに、ミーナちゃん……。

俺とミーナは顔を見合わせて苦笑すると、

「えぇ、俺の方は喜んで」

「私ももちろん」

「フフ、ありがとう。ジェイくん、ミーナちゃん」

ドラゴン夫妻と友達になるのであった。

「って、ヴァル。契約の件――」

「好きにしろ」

飲み比べをしていた理由を忘れていたわけではないが、うやむやにしてしまうと折角吐くまで頑張ってくれたアゼル、エメリア、フェイロ先生に申し訳が立たないと思ったが、どうやら無事許しを貰えた。これであの三人も浮かばれるだろう。

「ジェイド、ボクたちは生きてるからな？」

「……頭と食道は痛いがな」

「私は平気ですけども？」

失礼なことを考えていたのがバレたのだろうか。とっくに戻ってきて、生徒たちや陛下たちと談笑する三人からそんな言葉が飛んでくる。

「ほら、ジェイド先生、すぐ脱線する」

「あぁ、そうだな、すまない。ミコ、キューちゃん、ヴァルから許しが出たぞー」

と、言うまでもなく先ほどからソワソワとこちらを窺っていたので知っていたのだろう。二人は嬉しそうにこちらへやってくる。

「……で、契約ってどうするんだ？」

だが俺は契約の方法なんか知らない。ミコとキューちゃんからそんな期待の眼差しで見つめられても困る。

「あら、そう言えばまだエルにも契約の方法は教えてなかったわね。えと、この世界の魔言だと……、うん、あったあった。じゃあミコちゃん耳を貸してくれる？」

フローネさんはコロコロと表情を変え、独り言のように何事かを呟きながら暫し逡巡しているようだ。それが終わると、ミコを側に呼び、耳打ちをしている。

「どう？　ミコちゃんできそう？」

「はい！」

内緒話は終わったようだ。

「フフ、じゃあエル、ミコちゃん。右手を繋いで」

そんなミコを見て、フローネさんは優しく微笑む。そして、ミコの小さな手が、それより小さなキューちゃんの手を取った。

「『契約《フェイト》』」

ミコの口から一音節の魔言が紡がれる。ミコの初めての魔法。それはきちんと魔法陣を成し、キラキラと光る粒子となり、二人に降り注いだ。そしてキューちゃんの体までもが光り始めると、

「きゅ？」

「ッブ」

白い髪をおかっぱにしたすっぽんぽんの幼女に変身した。見た目はミコそっくりで、アホ毛の位置まで一緒だ。だが、ミコより一回り程小さい。いや、それより——。

「なんですっぽんぽんなんだよ……」

「おい、ジェイド、我の娘の裸を見るんじゃない」

「エロガキ、あんたもよ」

「べ、別にあんなガキの裸なんか見ても何も思わねぇよ!!」

「あら、替えの服でこの子のサイズあったかしら。少々キューエルさんをお借りしますね。はい、こっちこっち」

みんなが注目していただけに空気は混沌と化す。そんな中、ローザ様はサッとキューちゃんの手を取り、ススス一っと、部屋を出ていった。契約を終えて感無量である筈のミコは一瞬のドタバタでど

うしたものか固まっている。

「あー、ミコ？　初めての魔法おめでとう」

「あ、ありがとうございます。ちゃんとできてましたか……？」

「キューちゃんが人の姿になれたんだ。契約は成功したってことだろう」

「えぇ、契約は無事成功しましたよ。ミコちゃん、至らぬことも多々あると思いますが、娘のことをどうぞよろしくお願いいたします」

「わっ！　えと、ミコの方こそ、いっぱいいっぱい迷惑をかけちゃうかも知れないですけど、ずっとキューちゃんのことを大切にしますっ！」

なんだか結婚でもしたかのようだ。いや、一生をパートナーとして過ごすことになるのだから結婚と変わりはないのであろう。

「はい、アナタも」

「おう、ミコ。エルの契約者と言えば家族も同然だ。何か困ったことがあれば頼れ」

「わわっ、ありがとうございます！　パパさんっ！」

「ププッ」

すごく自然にミコがパパさんと呼んでいるのが可笑しくて俺はついつい笑ってしまう。みんなも口を押さえているところを見ると同じようだ。

「ッチ。調子狂うぜ」

「あら、いいじゃない可愛らしくて、ね、パパさん♪」

そしてフローネさんがからかったところでヴァルがそっぽを向き、みんなは大笑いだ。昨日死闘を繰り広げたとは思えない和やかな空気が流れる。

「あ、そう言えばキューちゃんはミコの家に住むんだろ？　ヴァルたちはどうするんだ？」

「えと、パパさん、ママさんも来ますか？」

「ミコちゃん、ありがとう。でも私とヴァルは別の場所で生活しようと思うわ。良い機会だからエルは少しだけ親離れの練習をさせたいの。う〜ん、でもでも近くには住みたいわね……。どうしようかしら」

「あ、それなら私の家はどうでしょうか？　ミコさんと同じ街ですし、家は広くて、余っている部屋がたくさんあるので――」

「パパッ!?」

フローネさんが住む場所をどうしようか困っていると、手を挙げたのはフェイロ先生だ。確かにあの屋敷ならいくらでも部屋が余っていそうだ。だがエレナは当然それに驚きの声を上げる。

「いいじゃないかエレナ。カルナヴァレル氏は体術では最高峰の強さだ。良い組み手の相手になるぞ？」

「っ!!　師匠賛成っ!!　俺賛成っ!!」

それに喜んだのはレオだ。目一杯背を伸ばし、高々と手を挙げながら叫ぶ。

「ハァ？　バカっ、あんたの意見なんて聞いてないのっ！」

だが無情にもエレナによって、その手は無理やり下ろされた。

「フェイロさん？　その申し出はありがたいのですが、エレナちゃんは嫌がってるみたいですし——」

そんないつものやり取りであるのだが、見慣れていないであろうフローネさんは申し訳そうに辞退しようとする。だが、エレナも優しい子だ。普段ならグイグイ来られる場面で丁寧に辞退され、急に慌ててしまう。

「あ、いえ、嫌がっているわけじゃなく、急なことで戸惑って——」

「じゃあ、いいじゃねぇかよ。フローネさんも強いんですか？」

今度はレオがエレナを押しのける番だ。本当にこの二人は仲が良いんだか、悪いんだが。

「私？　そうね、殴る蹴るは苦手だけど、昔契約者の中にとっても槍術が得意な人がいて、それなら少し……」

「ほら、槍だぞっ！　おいエレナ、ドラゴンと組み手できるなんてサイッコーにわくわくするじゃん!!　絶対一緒に住んだ方がいいって!!」

「……はぁ、もういい。分かった分かった。パパ？」

結局エレナが折れたみたいだ。まぁ最初から強く拒否するつもりもなかったのだろう。俺はそんなやり取りを見て、小さく笑う。フェイロ先生も同じように小さく笑い、そして一つ頷く。

「と、言うわけで娘から了承を頂けたので、お二人さえ宜しければ」

「えぇ、そうであれば是非お願いしたいと思います。ね、アナタ？」

「……うむ」

「やったぁぁ!!」

ヴァルとフローネさんの居候が決まった。レオは有頂天にはしゃぎ、エレナはそれにうんざりした表情だ。

と、そんな話をしていると食堂の扉が開いた。どうやらローザ様が戻ってきたようで、その隣には――。

「おぉ～」

「フフ、小さいサイズの女の子用の服がメイド服しかなかったんだけど、とても似合ってて可愛らしいでしょ?」

「きゅきゅ～」

フリフリのメイド服にきちんとヘッドドレスまでしたキューちゃんが立っていた。ローザ様の言葉通りとても似合っていて、とても可愛らしい。女性陣はキューちゃんのもとに駆けていき、熱烈に愛でている。

「ヴァルは行かないのか?」

「フンッ。そんなみっともない真似するか」

「フ、そうか。おーい、キューちゃん、パパにも近くで見せてあげてくれ」

「きゅきゅ～」

照れ臭そうに意地を張るヴァルに代わって、俺がキューちゃんを呼ぶ。キューちゃんは小さい体でトテトテ必死に走ってくる。その姿も実に可愛らしい。

「きゅ？」

「おう、似合っているぞ。良かったな。礼は言ったか？」

駆け寄ってきたキューちゃんを抱えあげて、ヴァルは優しい声でそう話しかける。

「きゅ！」

グッっと両拳を握りしめて、自信満々にそう答えるということは――。

「ハハ、俺もなんとなくキューちゃんの言葉が分かった気になるな」

お礼を言ったということだろう。しかし、人の姿になっても喋るのは難しいのだろうか。

「いえ、エルが人の姿に変化しているのはミコちゃんを元にしたものだから、この世界の言葉や発声の仕方はすぐに慣れるはずですよ」

俺が難しそうな顔をしていたら、フローネさんに考えていることを読まれてしまっていたらしい。

そしてそれを聞いて、ミコがすぐさま――。

「キューエルっ」

「きゅ？」

「キューエルっ」

言葉の練習を始めたようだ。ヴァルはそっとキューちゃんをミコの前に下ろすと、離れて見守ることにしたようだ。ミコは口を大げさに動かし、一音一音はっきり、ゆっくり喋り、キューちゃんの名前を教える。

「きゅー、えう」

「うんっ。そう！　キューちゃんの名前はキューエル」

「きゅーえう！」

嬉しそうに自分の名前を叫ぶキューちゃん。そして、ミコはキューちゃんの手を引き、ヴァルとフローネさんのところへ行くと、

「パパっ！」

「パーパ」

「……おう」

「ママっ！」

「マーマ」

「はい、ママですよ」

二人の呼び方を教える。ヴァルが少しうるうるしていたのは酔っていたせいとしておこう。みんなで微笑ましくそのやり取りを見守る。そして、ミコは同じように一人ずつ俺たちの名前をキューちゃんに教えていった。ミコとキューちゃんが二人して『へーか』と呼んでいるのには肝が冷えたが、陛下はとても優しい笑みで二人を見つめていた。

こうして宴は夜遅くまで続き、各々があてがわれた客室になんとか辿り着いて眠りにつくのであった。

第五章

episode.05

原始の魔法使い

そして俺たちは、いよいよ王都を発つ日の朝を迎えたわけだが――。

「……頭が痛い」

「同じくだ……」

「同じくだね……」

「私は平気ですよ」

「当然、我も平気だ」

俺とアゼル、エメリアは疲労と二日酔いによるダメージが深刻だ。フェイロ先生とヴァルはどうやら無事な様子。だが、頭が痛いからと早々に退散して馬車で眠りこけるわけにはいかない。この旅の目的は二つなのだから――俺は皆が集まっている広間の中で、ミコとキューちゃんとお喋りをしているアマネへと視線を向ける。

「?」

当人は『ハテ?』と首を傾げるばかりだ。

「あー、エメリア。出発の前にちょっといいか。相談がある」

「なんだ……」

普段なら前置きや否定から入るのだが、今回は素直に相談に乗ってくれるようだ。

「実はな、お前から借りたトンガリ帽子君だが、アマネとミコの魔力素質は解析できなかったぞ」

「なに……?」

そう、何を隠そう魔力適性を解析するオーブ君しかり、その後継であるトンガリ帽子君はエメリアが作ったものだ。それが完全じゃないことを伝えるとエメリアの顔に驚きが走る。解析できないことがそんなに珍しいのだろうか。

「いや、オーブ君でも解析結果がよく分からないことはあっただろ？」

「いや、トンガリ帽子君は私の実験では『分からない』と答えることはなかった。と、言ってもまだ三千人程のサンプルだがな。しかし、三千分の二が偶然に現れるとも考え――」

「それでな、俺が直接アマネの内魔力を操作して『そよ風』を発動させようと思ったんだよ」

ブツブツと長くなりそうだったので、話を先に進めさせてもらう。エメリアには睨まれた。

「それで？」

「俺の魔力を無理やり吸い取られ、『魔力暴走』の後『魔力欠乏』を起こした」

「…………」

俺の言葉にエメリアが初めて興味深そうにアマネに視線を向ける。

「……美人に見つめられると照れる」

だが、アマネはいたってマイペースだ。

「そして最後に――」

「なんだ、まだあるのか？」

「魔力回路が奇妙だ。年相応の細い回路と、どんな出力をし続ければこんなに太くなるのかという回路が絡まりながら混在していた」

いつしか、広間にいた皆は俺たちの話に耳を傾けているようだ。デリケートな問題の筈だが、アマネ自身は――。

「最強の魔力回路ぶい」

指をブイの字にして、得意げな表情だ。

「その眼帯と包帯の下はどうなっている」

「アマネ、いいか？」

出発前にアイデンティティがとかなんとか言っていたが、その下がどうなっているか見せて欲しいと言えば、アマネはゴネることはなく眼帯と包帯を取ってくれた。

「……普段の三倍恥ずかしい」

普段が眼帯と包帯をしている時なのか、というツッコミは置いておいて、俺も今更ながらにマジマジと右目と左手を注視してみる。だが――。

「別に普通に見えるんだが」

特に変わったところは見えない。右目は義眼というわけでもなさそうだし、左手に傷や火傷の痕があるわけでもない。いたって普通に見える。

「ジェイド、魔力を流したのはどちらの手だ」

「左だ」

「そうか。……触るか」

「おい、魔力は流すなよ？」

「分かっている。左手を」

念のため、釘を刺したあと、エメリアはアマネの左手から肘にかけてペタペタと触りはじめた。

「………外からでは分からんな」

「センセイ助けて。私腕切られる」

「ハハハ、そんなわけあるか。……え、違うよな？」

「ハァ、お前らが私のことをどう思っているか、よく分かった。望み通り解剖してやる。アゼル手伝え。ついでだジェイド、竜の血を飲んだお前の回復力がどの程度のものかも調べてやろう」

エメリアはため息を一つついた後、非常に物騒なことを言った。俺とアマネはすぐに頭を下げて謝る。

「ったく、真面目にやれ。下らん冗談を言う程、私の時間は安くないんだ。さて、私が魔力回路を診る。研究所に魔法実験場がある。暴走してもそこでならいいだろ。移動するぞ――」

エメリアは魔力暴走させられるものなら、させてみろと言わんばかりにそう提案すると、俺たちの予定など一切聞く気はないと移動を始めようとした。

「待て、エメリアよ。この家にも堅固な地下室がある。貸すぞ？」

だが、それを止めたのは意外にも陛下であった。確かに陛下の家であれば、堅固な地下室の一つや二つはあるだろう。正直なところを言えば、今日中には帰りたいから研究所に移動する手間が省けてありがたい。

「陛下……。ありがとうございます。では、お借りいたします。ジェイド、アマネ行くぞ」

「おう」

「ん」

どうやらエメリアは陛下の提案を無碍にはしなかったようだ。良かった。こうして俺とエメリア、アマネはローザ様に案内されて地下室へと向かうのだが――。

「なんで、みんなついてくるんだ?」

漏れなく全員がついてきた。俺は野次馬精神丸出しの連中に遊びじゃないんだぞという意味を込めてそう聞くが――。

「わしの家じゃぞ?」

「あ、いえ、陛下は当然――」

陛下に向けたつもりはなかったのだが、陛下がまず最初にそう答えてしまったことにより――。

「陛下をお守りするのは王国騎士団として当然だろ?」

「えぇ、お義父さんが行くのであれば、お義母さんも隣にいるでしょうから。お義母さんをお守りしなくては」

「先生、すみません、後学のために……」

「じゃあ俺も後学のためー」

「ミコは友達なんで!」

「ミコについてくー」

他の者についてくるなと言いづらくなってしまった。あと、昨日部屋に帰った後も練習したのか、キューちゃんの喋りが随分上達していた。いや、今はそんなことはどっちでもいい。

「で、ミーナ先生は？」

「副担任ですから、当然生徒の安全を守るため側で見ています」

「……そうですね。じゃあ、ヴァルとフローネさんは？」

「面白そうだからに決まっているだろ？」

「同じくですっ♪」

「ハァ……。いっそ清々しいよ」

ヴァル夫妻に関しては野次馬であることを隠そうとすらしなかった。いや、みんなの前で相談を始めた俺がバカだったのか。結局そのまま全員で地下室に入り、野次馬たちには下がっていてもらう。

「では、魔力回路に通してみるか」

「……ん」

エメリアが早速診断を始めると言うと、アマネの顔が僅かばかり緊張で強張る。いくら部屋が堅かろうが、魔力暴走や魔力欠乏を起こしてしまえば、アマネ本人はつらい思いをするだろう。だから俺はコソッとアマネの耳元で——。

「アマネ、流れで来ちゃったけど、やめてもいいんだぞ？」

提案に乗りやすいように軽い調子でそう聞く。

「……大丈夫。それに今更陛下にやめます、戻りましょうとは言えない。ちょっと暴走して気絶すればいいだけ」

だが、アマネは中止する気はないようだ。

「……そうか。だが、そんなことを言うな。何もないのが一番なんだ。いいな、間違っても自分から変なことをしようとするな」

「……ん、分かった」

アマネは基本ふざけているが、ふざけていけない場面は弁えている。素直に頷いてくれた。

「……よし。それにアマネ心配するな。エメリアは先生より魔力操作が上手いぞ。多分、この国で一番魔力操作が上手い人だ、な」

不安を取り除くため、そんなことを言う。アマネは俺のそんな言葉に何も返事は返さず、小さく微笑んで肩の力を抜くと左手をエメリアの方へ差し出した。

「いくぞ」

エメリアは俺たちのやり取りを無言で待っていてくれており、話が終わったことを確認すると左手を握る。アマネが覚悟を決めて頷いた。そして――。

「少しずつ流すから――なっ!? チッ!!」

だが、恐れていた事態は訪れてしまった。外魔力がエメリアに流れこみ、それをアマネが左手から吸い取っているのが可視できるレベルで起こったのだ。エメリアは銀髪であり、元々の魔力素養は少ない。しかし、類まれなるセンスと努力により、国内でも随一の魔力保有量と魔力変換率、そして魔力操作の腕を手に入れたのだが、そんなエメリアの内魔力だけでは吸い足りず、エメリア自身が魔力枯渇しないよう全力で外魔力を変換し、アマネに魔力を送っているのだ。

「クク、ククク。器用なことをしよるな、銀髪の」

だが、驚くべきことはそれだけではなかった。以前、暴走した時には気付かなかったが、

「アマネ、お前その右目と左手は……」

右の瞳の色が金色に変わっていた。そして左手には見たことのない紋様が紫色に発光し、浮かび上がっている。

「ッチ、換装――紫の魔女《ヴァイオレット》」

どうやら普通の状態では全力で変換しても間に合わないようだ。エメリアは右手に銀の魔導書《アリアローザ》を浮かべると、紫のドレスを纏う。第二の魔力器官とも言える銀の魔導書《アリアローザ》が魔力変換を補う。

「銀髪の、いいぞ。貴様は中々に魔力の扱い方を心得ておるな。妾の魔力回路だけを使うのは正解よ。この小娘の回路にそんな量を通したら壊れてしまうからの。それにしても懐かしい。銀の魔導書《アリアローザ》か」

「おい、アマネ今はふざけてる場合じゃ――」

「いや、ジェイド待て。これはふざけてるわけじゃなさそうだ」

今はふざけている場合じゃないと言うのに、いつものわけの分からないことを言い続けるアマネ。

だが、エメリアは必死な表情で魔力供給をしながら、アマネがふざけているわけではないと言った。

「その通り、妾はふざけてなどいはせんよ。久しぶりの覚醒だ。この前は随分中途半端だったからの」

覚醒？　アマネは何を言って――。

「お前は誰だ」

誰？　エメリアがアマネにそう問う。

「ふむ。妾が誰、か。起こしてもらった礼だ。名くらい教えてやろう。――――だ」

「……なん、だと」

その名乗りにエメリアの顔が驚きに染まった。その名前は不思議な響きを持ち、俺の耳では音は認識できるのに言葉として聞き取ることができなかった。こんなことは初めてだ。

「っと。そろそろ限界か。これ以上はこの体が壊れてしまうな。さて、この娘を助けたくば墓に来い。ではまた会おう」

そしてアマネの中の別の人格（？）が最後にそう言うと、パタリと魔力の流れは止み、アマネは糸が切れた人形のようにぐったりとする。

「アマネっ、アマネ、大丈夫か？」

慌てて顔を覗き込む。アマネは珠のような汗を浮かべており、顔色は青ざめているも――、

「……へ、へのへのかっぱ」

意識はあった。

「ジェイド先生、エメリア様、ひとまずアマネちゃんを休ませられるところへ」

ミーナにそう言われ、すぐに俺はアマネを抱きかかえる。

「あ、あぁ、そうだな。俺が運ぼう。エメリアは大丈夫か？」

「…………あぁ、私は無事だ。すまなかった」

エメリアはエメリアで魂が抜けたように茫然としており、とても無事には見えなかったが、ひとまず一旦アマネを休ませ、エメリアも落ち着く時間が必要だろう。行きとは大違いで、地下室を出る時

の皆の表情は曇っていた。

そして、アマネを客室へ運ぶと、ローザ様とミーナがそこに残り、看てくれるとのことだ。残りの俺たちは広間で待つこととなる。いくらから時間が経つとエメリアの方は大分落ち着き、アマネが戻り次第先ほどの件について説明すると言う。

広間では皆、口数も少なく、重苦しい空気が流れている。俺もジッと座ってはいるものの、気持ちはまったく落ち着かなかった。そんな時間がどれくらい流れただろうか。

コンコン。

ノックの音が聞こえる。扉が開き、そこから顔を見せたのはローザ様だった。

「戻りました。アマネちゃんの様子ですが、見たところ大きな問題はないと思います。少し体温が高いけど、魔力の酷使によるものでしょう。意識はハッキリしてて――」

と、そこまで言ったところで、ローザ様の後ろから当事者であるアマネがピョコンと顔を出した。

「ご心配、ご迷惑おかけしました」

「アマネ、お前起きてて大丈夫なのか？」

「大丈ぶい」

気丈に振舞うアマネの後ろではミーナが心配そうに見つめている。

「みんな忙しいから、あんまり待たせても申し訳ないし、馬車で寝ればいいから」

皆がどうしたものかと思いあぐねていると、その空気を察したのかアマネの口から出たのは、大変な思いをしたのは自分だと言うのに他の人を気遣う言葉だ。

「アマネ……」

俺は口を開いたはいいが、どうしたものかと悩んでしまう。だが――。

「先ほどの件について話そう。重要な話だ。これを話さずにアマネやジェイドを帰すわけにはいかない。体に負担のかからないよう手早く済まそう。アマネ、腰かけてくれ」

エメリアの決断は早かった。アマネの気遣いを無駄にしないよう、そう提案する。そしてアマネが座ったのを確認して話を続けた。

「まず、アマネお前は右目が金眼となり、左手に呪痕《じゅこん》が浮かびあがることを知っていたか？」

「……その前に、これから言うことは全部本当のこと。信じて」

その質問に対し、アマネは知っている、知っていないではなく、そう答えた。エメリアが即座に頷く。俺たちも同じだ。

「私は転生人。生まれた瞬間から自我がある。そして前世の記憶も。でも記憶がない時期がある。五歳くらいの時。気付いた時には私の右目には眼帯が、左手には包帯が巻かれていた。そして親からその目と手は穢れていると罵られ、捨てられた。それまでは両親から嫌われているなんて思ったことはなかったから私はショックだった。それ以来、この目と手は隠している。でも、目の色が変わったり、変な痣が浮かぶのは今日知った」

アマネの話は衝撃的であった。孤児院にいるとは知っていたが、まさかそんな過去があったとは。

こんな時に掛ける言葉が見つからない。

「そうか、転生人……は、今は置いておこう。恐らく記憶がない時期に一度自力で覚醒し、それを両親が見たのだろう。今は魔法は使えるか？」

「……ううん。使えない」

「五歳までは？」

「使えなかった、と思う。ただ、魔力操作はなんとなく分かった」

「ふむ、今は分からない、と。覚醒の際に、魔力器官にダメージを負ったのかも知れないな。それでそれ以降奴を覚醒するだけの魔力量は供給されず、アマネ自身の魔力回路は細いままだった、と」

エメリアは何やら一人で納得し始めた。俺たちにも分かるように説明して貰わなければ困る。奴？覚醒？　アマネの中に本当に誰か別の者が入ってるとでも言うのか。

「エメリア様、私の体の中には誰がいるの？」

そして誰もが気になっていることをアマネが聞いた。これに対し、エメリアは一度だけ深く呼吸をして――。

「……ヨドだ。原始の魔法使いと呼ばれるヨドがその中にいる」

そう答えた。ヨド。俺の知っているヨドと呼ばれる者は一人だけだ。最強にして災厄の魔女。この世界に魔法を生み出したと言われている原始の魔法使い。だが、ヨドは千年以上前に死んでいる筈――。

「転生、人？　ヨドも転生していたというのか」

俺の頭の中に不意に一つの答えが浮かぶ。目の前の存在が転生人であるという実証がある。アマネは前からこの世界にはない独自の言葉を使ったりしていた。それにドラゴンのことをミコに教えたのもアマネだろう。何よりアマネが本当だから信じてと言ったのだ。そして人が転生する前例がある以上、ヨド程の魔法使いが転生してもなんらおかしくないと思えてきてしまう。

「恐らく、な。なぜその体に二つの魂が転生したのかは分からない。それに、転生というもの自体が極めて稀であり、その研究はまったく進んでいないしな。だが、信憑性は高い。確かに奴は特殊な魔言でヨドと名乗ったんだ。――――となっ。今のがきちんと聞こえたものはいるか？」

先ほどヨドが名乗ったような音がエメリアの口から発せられる。やはり音は聞こえるのだが、それを表そうにも上手い音が見当たらないし、再現するのも不可能だ。

「これは古代魔言だ。説明は長くなるので割愛しよう。重要な点はこの世界で古代魔言を一体何人が研究しており、使いこなせるかということだ。まして、アマネの年齢では古代魔言の存在を知ってる者すらいないだろう。アマネ、答えてくれ。古代魔言を知っていたか？　そして先ほどの言葉がきちんと聞こえたか？」

「ううん、知らないし、聞こえなかった。それ私が言ったの？」

「そうだ。覚えてないのか？」

「うん」

「なるほど、ヨドが出てくると人格が入れ替わるようだ。その間アマネの自我は沈むわけだな」

「じゃあヨドが完全に覚醒してしまったら、私はいなくなる？」

「いなくなる、というよりは出てこられなくなる――という可能性はあるな」

「……困った」

頭が痛くなる会話だ。エメリアは他人事だとしても当のアマネまで淡々と喋るものだから、まるで下手な劇を見ているようだ。

「それでエメリア、ヨドの覚醒を防ぎ、アマネの身体から追い出し、アマネが魔法を使えるようになるにはどうすればいいんだ」

俺は頭を押さえながら、ひどく都合のいい質問をする。

「まず魔力供給を断つことだ。ヨドの覚醒には非常に多くの魔力が必要となる。それこそ私やジェイドクラスのな。アマネの身体から追い出す方法は今のところ分からない。だが、ヨドを覚醒させ、代わりの身体を用意すればそれも可能かも知れん。そして、ヨドさえいなくなればアマネの魔力器官を治療し、魔法を使うことも可能になる——やも知れん」

だがエメリアは俺のそんな無茶な質問にきちんと答えてくれた。しかし、不確定なことが多すぎる。何にしても——。俺の考えていることが分かったのだろう。エメリアが頷く。

「墓には行くべきか……。確か魔帝国のどこかにあると聞いたことがあるが、エメリア？」

「私を辞書代わりに使うな。確かに原始の魔法使いの墓は魔帝国にあると聞く、が詳細な場所は公にされていない筈だ。この中にその詳細な場所を知ってる者がいれば教えてほしい」

静かに成り行きを見守っている皆にそう投げかける。だが、残念ながらその場所を知ってる者はいないようだ。

「……で、あれば心当たりのありそうな人物を当たるほかあるまい」

「それは？」

「それは――」

一体誰なのであろうか。もったいぶったエメリアの口から出たのは――。

「知らん。原始の魔法使いのことを研究している者や、所縁《ゆかり》のある者など遠ざけてきたからな。しかし、乗りかかった船だ。墓の所在ないし、それを知っているであろう者を探すのを手伝ってやる」

なんとも肩透かしな回答であったが、幸いにも協力してくれるらしい。エメリアは研究者たちの間に顔が利くし、公爵という立場上情報網の広さや精度は確かなものだろう。

「ジェイド、アマネよ。今回、おぬしらが世界を危機に陥れたのも事実じゃが、救ったのもまた事実。釣りとしてカルナヴァレル氏一家との友好的な関係も築けた。わしも協力しよう。それにもし本当にヨドが生きており、自由に動けるようになったのならば、今回の件と同様、いやそれ以上に世界が危機に陥るやも知れん」

「陛下……。畏まりました。必ずやヨドの復活を阻止して、その存在を消し去りたいと思います」

「頼むぞ」

事は既にアマネだけの話だけではなくなっている。ヨド――災厄の魔女と恐れられた魔法使いは今でも一部に熱狂的な信者がおり、原始の魔法使いと崇められている。過去の記録によれば、魔法という怪しい技術を使ったヨドは迫害され、その恨みに国一つを滅ぼしたそうだ。そして災厄の魔女と呼ばれ、全世界から最重要危険人物として手配され、悉くを返り討ちにし、いつしかその存在を煙の如く消していた。それが復活したとなれば――。

「センセイ」

「なんだ？」

「私がもし乗っ取られちゃったら、殺して下さい」

　この世界を滅ぼす可能性だってある。

　転生した理由は不明だ。復活して何をしたいのかも定かではない。だが、確実に世界は滅亡のリスクが一段階上がる。そうなる前に殺してくれとアマネは言う。

「そうならないように先生たちが頑張るんだ。滅多なことを言うもんじゃない」

　アマネは殺してくれと極々真面目な声で言った。冗談で言っているわけではないであろう。だとしたら余計にそんなことを言わせてはならない。その言葉に対し俺は強く窘めた。それから僅かばかりの時間、沈黙が流れる。それを打ち破ったのは、やはりエメリアだ。

「さて、これ以上は今話し合ってもどうしようもできないだろう。今日はここまでにしよう」

　その言葉に俺たちはゆるゆると従い、各々が出立の準備を始める。アマネの件があっただけにその雰囲気は決して明るくない。結局みんな無理に明るく振る舞う必要もないと判断したのだろう。それぞれが静かに別れの挨拶を交わし、陛下の家を出る。


「さて、長い旅だったな……。帰るか」

「そうですね。ちょっと色々ありすぎて、なんだかキューちゃんと会ったのがずっと前のような気がします」

　俺とミーナはそんなことを言いながら馬車乗り場を目指す。一緒に帰るのはアマネ、ミコ、レオ、フェイロ先生、エレナ、キューちゃんにヴァルにフローネさん。十人の大所帯だ。恐らくエルムに着くのは夜になってしまうだろう。

「センセイ、センセイ。私が転生人だってのビックリした？」

「んー？　いや、むしろ納得した。今度、良かったら前世のことを教えてくれな」

「乙女の過去を知りたがるなんてスケベ。キューちゃん、センセイはスケベ。はい」

「せんせはすけべー」

どうやらアマネは自分のせいで雰囲気が重苦しくなっていることに責任を感じているようだ。みんなに話を振りながらおどけている。ここはその気持ちを汲むべきだろう。

「おい、何を覚えさせているんだ。こら、キューちゃん、変な言葉を覚えちゃダメだぞ？」

俺はキューちゃんにわざとらしい教育をする。

「わっ、せんせーがキューちゃんのパパみたい！」

それに喜んだのはキューちゃんの手を繋いで歩くミコ。で、怒ったのは――。

「なにぃっ？」

「いや、そんなことでいちいち怒るなよ……」

キューちゃんの後ろを夫婦仲睦まじく歩くヴァルだ。あの巨躯に凄まれると冗談でも心臓に悪い。

そしてそんな俺たちの前には――。

「アンタやけに静かじゃない」

「あん？　俺は家に帰ってすぐにでも剣を振りたいんだよ。お前だってあの戦い見てたろ？　あ、そうだ師匠！」

「ん、何かな、レオ――」

なんだかんだで並んで歩いているエレナとレオが喋っている。しかし、レオがエレナとの話を途中で止め、フェイロ先生に話しかけたことにより――。

「クソ生意気っ」

「ほげふっ。てめっ、なにしやがんだ！」

エレナの怒りを買い、その脇腹にショートフックをもらったようだ。じゃれ合いというには少々威力が強すぎる気はする。俺たちはみんな苦笑だ。

「……二人の夫婦《めおと》漫才を見せるために呼んだのかい？」

「『夫婦じゃないっ』」

「わっ、息ピッタリ。すごいっ」

「すごーい。レオとエレナおもしろーい」

ミコとキューちゃんは綺麗にハモった二人に対し、拍手をしながら賛辞を送る。ミコとキューちゃんにはあまり強く言えないのか、二人とも揃って気まずそうな顔をしたのだが、それがまた同じタイミングで同じような表情だったため、笑えてしまう。

「……じゃなくて、師匠！」

「はい」

「師匠、俺の村、カロス村の時、いましたよね!? 俺、思い出したんですっ、意識を失う前に最後に見た光景。雷が落ちて、すごい音と光の中、大剣を構える後姿を！」

「あー……、夢じゃないかな。その時、私は騎士団を退団してたと言ったよね」

「でも、ぜーったい、あれは師匠でしたっ!!」

レオの猛攻にフェイロ先生はタジタジだ。

「……ハァ。まぁ、少しばかりピンチだから駆けつけてお手伝いをしたかな。でもあくまでもお手伝い――」

「ほらなっ、やっぱ師匠は俺の憧れなんだっ。俺アゼル様の隣に大剣を持って立つのが夢だったけどやっと分かった！　あの時の師匠が俺の夢だったんだっ！」

「……ま、今のアンタは雑巾しか持ってないけどね」

熱く夢を語るレオに冷ややかにツッコむエレナ。やはり夫婦漫才の才能があるのだろうか。エレナのキレのいいツッコミの間の良さに俺たちはまたしても笑ってしまう。

「てんめぇ、人の夢を笑いやがって!!　せんせー、こいつが俺の夢をバカにしたぞ!!」

「え、俺？」

「そうだよ、せんせーなら生徒の夢をバカにされたら怒るもんだろ。ほらっ！」

「あー、確かに。そうだな、エレナ。人の夢を笑うものじゃないぞ？　この年から夢に向かって努力をするのは尊い――」

確かにレオの言う通りだろう。それにレオに素直に頼られるのも珍しい。俺は少しだけ得意げになり、エレナに教師風を吹かすのだが――。

「ジェイド先生、ジェイド先生、今はボケるところです」

「え」

ミーナにそう言われ、周りを見ればなんだか残念そうな子を見る目で、いや、俺は教師として間違ってない筈なのだが……。

「センセイ、ドンマイ。センセイの夢は生徒を笑わせること」

「いや、アマネ、お前勝手に俺の夢を決め――」

「いいじゃん、それ。せんせー、がんばれー」

「先生、頑張って下さい」

「ミコはできると思います！　頑張って下さいっ！」

「せんせ、がんばー」

「フフ、ジェイド先生良かったですね。生徒たちから大人気ですよ。でも、授業はきちんと行って下さいね」

生徒たちとミーナからからかわれているようだ。なんでこうなる。

「ククッ、貴様も大変だな」

「フフ、私はジェイくんのこと面白いと思ってますけどね♪」

「……ハァ。もうなんでもいいです」

こうして、俺たちは長くて密度の濃い三日間の王都の旅を終えて、エルムに帰るのであった。

《了》

☆あとがき

皆様、お久しぶりです。本書著者の世界るいです。こうして本シリーズの二巻を出させて頂けたのも、ひとえに一巻を買って下さった皆様のおかげです。そして二巻まで購入して下さり、本当に、本当にありがとうございます。

さて、今回の宮廷魔法師二巻なのですが、実は一冊まるごと書き下ろしとなっております!!（ドドン！）

……と、言われても読者様からすれば「どういうこと、だから何？」と思われますよね。簡単に言ってしまえば、WEBで無料で読めるものと、書籍になったものではまるっきり違いますよ、ってことです。更に言えば、変化ではなく進化です（作者珍しく言い切ります）。

と言うわけで、もし気が向いた方は、WEB版で言うところの37話〜89話辺りと本書を見比べてみて下さい。その違いに驚くこと間違いないですし、二度楽しめるかも知れません（笑）。

さて、折角二巻ですので一巻の内容にも触れつつ、作品のお話を少しさせて下さい。まず、今回の王都編ならぬ嘔吐編いかがだったでしょうか？　特に意図したつもりはなかったのですが、まぁみんな吐く吐く（笑）まさか、あんな人やこんな人まで、と。ちなみに編集者さんから嘔吐ネタについてはお叱りを受けませんでした。むしろパロディネタを全力投球しすぎて、やりすぎです自重して下さいと怒られたので、それどころじゃなかったのかも知れません（苦笑）。

閑話休題

今回の王都編では一巻で登場した書籍版オリジナルキャラ、フェイロ先生とその娘エレナが物語に深く関わってきましたね。更にこの二巻ではフェイロ先生一家の正体が明らかになり、今後もレギュラー出演しそうだなぁ、と読者様方は感じたことと思います。えぇ、何と言ってもこのフェイロ先生、世界るい的にキャラデザ最推しキャラなんで。最推しキャラなんで（大事なことなので）。

キャラデザで言えば、だぶ竜先生の描くキャラは誰も素敵で素晴らしく、キューちゃんなんかものすごく可愛らしいですよね。コミカライズを担当して下さる北沢きょう先生もとても画力の高い先生ですので、また一味違った宮廷魔法師のキャラたちが楽しみすぎて作者吐きそうです（笑）。

そして最後に今後の気になるポイントを紹介してあとがきを終わりたいと思います。

まず、ツンデレ暴力ヒロインが服を着て歩いているようなエレナ。レオとこれからどんな風になっていくのか作者も楽しみです。果たしてお互いに異性として意識する時がくるのか、はたまたライバルになるのか、先のことは分かりません（いや、本当に）。

また、ジェイドとミーナの幼馴染カップルものらりくらりしながら徐々に進展が……あるかも知れないし、ないかも知れないです（逃げ道を作って発言をする悪い大人の例）。

そして、いよいよアマネの中に眠る――との対峙です。一体、アマネはどうなってしまうのか。果たして魔法は使えるようになるのか。是非、次巻以降もお楽しみにして下さると嬉しいです。では、また次巻でお会いできることを祈っております。

令和二年　一月某日　世界るい

宮廷魔法師クビになったんで、田舎に帰って魔法科の先生になります2

発　行
2020年2月15日　初版第一刷発行

著　者
世界るい

発行人
長谷川　洋

発行・発売
株式会社一二三書房
〒101-0003　東京都千代田区一ツ橋2-4-3 光文恒産ビル
03-3265-1881

デザイン
erika

印　刷
中央精版印刷株式会社

作品の感想、ファンレターをお待ちしております。

〒101-0003　東京都千代田区一ツ橋2-4-3 光文恒産ビル
株式会社一二三書房
世界るい 先生／だぶ竜 先生

Printed in japan, ISBN 978-4-89199-614-7
※本書は小説投稿サイト「小説家になろう」（http://syosetu.com/）に
掲載された作品を加筆修正し書籍化したものです。